Phil B

C000104338

Just

a

Love Story!

Une

Simple Histoire

D'Amour

Bilingual Book
English - French

About this book

This book with, parallel translations, in English offers students of French at all levels the opportunity to enjoy a wide range of contemporary vocabulary without having constantly to refer back to a dictionary.

The English translations that are printed in front are literal rather than literary and reflect the original style in French.

This volume is intended primarily to help English-speaking students of French, but the story stands on its own and makes excellent reading in either language.

D
Une simple Histoire d'Amour - Just a Love Story

Contents - Table des matières

- Introduction -

Elle reviendra.	She will come back.
Je sais qu'elle reviendra.	I know she will come back.
Ce sera par une nuit d'hiver très froide.	It will be a very cold winter night.
Elle sera dans l'appartement, assise sur le canapé.	She will be in the apartment, sitting on the couch.
Elle regardera la télévision avec dans sa main la télécommande.	She will watch television, the remote control in her hand.
Elle changera de chaîne souvent.	She will change channels often.
Je ne dirai pas un mot, je ne poserai aucune question,	I will not say a word; I will not ask any questions,
Comme si rien ne s'était passé.	As if nothing had happened.
Comme si on venait de s'embrasser pour la première fois hier.	As if we had just kissed for the first time yesterday.
Elle reviendra.	She will come back.
Sans me regarder, elle ira dans la chambre à coucher.	Without looking at me, she will go to the bedroom.
Elle se déshabillera en silence.	She will undress in silence.
Après quelques minutes, je pourrai entendre le bruit de l'eau sur le sol de la douche.	After a few minutes I can hear the sound of the water on the shower floor.
Elle s'enveloppera dans la couverture et s'endormira immédiatement comme un bébé.	She will wrap herself in the blanket and fall asleep immediately like a baby.
Elle reviendra.	She will come back.
Je me faufilerai sous les	I'll sneak under the sheets,

draps, soigneusement pour ne pas la toucher.
De longues secondes, j'admirerai son corps parfait.
Ses longs cheveux couvriront son cou délicat.
Je ferai attention à sa respiration, normale et détendue.
Comme si rien n'avait changé, le même corps, la même femme.
Comme si personne d'autre ne l'avait touchée.

À la fin, j'éteindrai la lumière et sombrerai dans le sommeil.

Le lendemain, quand je me réveillerai dans le lit froid
Je verrai la note jaune qu'elle a laissée sur l'oreiller.

Avec dessus écrit au rouge à lèvres, un simple mot :
Merci !

carefully not to touch her.

Long seconds, I will admire her perfect body.
Her long hair will cover her delicate neck.
I will pay attention to her breathing, normal and relaxed.
As if nothing had changed, the same body, the same woman.
As if no one else had touched her.

In the end, I will turn off the light and sink into sleep.

The next day, when I wake up in the cold bed
I will see the yellow note she left on the pillow.

On the note, written with lipstick, a simple word:
Thank you!

Chapitre 1 - Chapter 1

J'ouvre les yeux.	I open my eyes.
Le lit est froid, et il n'y a personne à côté de moi	The bed is cold, and there is no one next to me.
Dehors, le ciel est lumineux et le soleil brille	Outside, the sky is bright and the sun is shining.
Une belle journée de début Mars 1981	A beautiful day of early March 1981
Peut-être que j'ai rêvé, elle n'était pas là.	Maybe I dreamed she was not here.
Mais je regarde l'oreiller, et la note jaune est là avec le mot merci écrit dessus.	But I'm looking at the pillow, and the yellow note is there with the word "thank you" written on it.
Merci ?	Thank you?
Merci pour quoi ?	Thanks, for what?
Pour le fait que je n'ai rien demandé, ou que je n'ai pas essayé de la toucher ?	For the fact that I did not ask anything or that I did not try to touch her?
Je ne sais pas, je suis complètement confus.	I do not know; I am completely confused.
Je vais sous la douche, l'eau est froide.	I go in the shower, the water is cold.
Comme auparavant, elle a vidé le chauffe-eau.	As before, she emptied the water heater.
Je m'habille lentement, aujourd'hui c'est samedi, jour de repos, quelle chance qu'il ne faille pas aller au travail.	I dress slowly; today is Saturday, day of rest, how lucky it is, not to have to go to work.
Alors pourquoi est-elle partie si vite ?	So, why did she leave so fast?

Peut-être qu'elle sera de retour dans la soirée comme avant.
Peut-être qu'elle a laissé quelque chose : un rouge à lèvres, une brosse à dents, du parfum, des vêtements, un sac, un numéro de téléphone, une adresse, quelque chose !
Je vérifie partout sans succès.
La preuve irréfutable qu'elle était là est l'odeur agréable dans la cuisine.
L'odeur du café chaud s'est répandue dans toute la pièce.
Je prends la cafetière et me verse une tasse pleine.
Je la bois, lentement, lentement, goutte à goutte.

Rien ne presse, chaque gorgée me la rappelle, elle a toujours su faire du bon café : pas du café instantané, mais un «Américano».
Un café du brésil que j'achète dans une épicerie fine au Centre du Carmel.
Le Centre du Carmel….
Soudain, les cicatrices de la mémoire s'ouvrent à nouveau.
Tout a commencé en juillet l'été dernier...

Maybe she'll be back in the evening as before.

Maybe she left something behind: a lipstick, a toothbrush, perfume, clothes, a bag, a phone number, an address, something!

I check everywhere without success.
The irrefutable proof that she was there is the pleasant smell in the kitchen.
The smell of hot coffee spread throughout the room.
I take the coffee pot and pour myself a full cup.
I sip it, slowly, slowly — drop by drop.

Nothing is urgent, every sip reminds me of her and she always knew to make great coffee — not instant coffee, but "Americano".
Brazilian coffee I buy at the delicatessen in Carmel Center.
The Carmel Center....
Suddenly, the scars of my memory open up again.

It all started in July last summer...

Chapitre 2 - Chapter 2

En juillet 1980, par un samedi très chaud, j'ai accepté d'accompagner mon colocataire à la plage de Bat Galim à Haïfa.
Nous étions tous les deux doctorants au Technion.
Michel était chercheur dans un projet de développement d'un générateur utilisant l'énergie solaire.

Je faisais un doctorat en mathématiques en théorie des nombres.

Mon sujet de recherche était très compliqué et à vrai dire, j'étais coincé sans percée significative depuis plusieurs mois.

J'avais connu Michel quand nous vivions dans les dortoirs du Technion, et après deux mois nous avons loué un appartement ensemble.
Nous étions tous les deux arrivés en Israël à la même époque, un an avant. Moi en tant que nouvel immigrant, et Michel dans le cadre d'un échange d'étudiants entre le Technion et son université à Paris.

In July 1980, on a very hot Saturday, I agreed to accompany my roommate to Bat Galim beach in Haifa.

We were both PhD students at the Technion.
Michel was a researcher in a project to develop a generator using solar energy.

I was doing a PhD in mathematics in number theory.

My research topic was very complicated and to tell the truth, I was stuck with no significant breakthrough for several months.

I had known Michel when we lived in the Technion dormitories, and after two months we rented an apartment together.
We had both arrived in Israel at the same time, a year before. I, as a new immigrant, and Michel as part of a student exchange between the Technion and his university in Paris.

Son histoire était intéressante.

À la fin de la Seconde Guerre mondiale, dans un camp de transit en Allemagne, sa mère, juive polonaise, survivante de l'Holocauste, était tombée amoureuse d'un officier français.

Ils se sont mariés et ont déménagé dans le sud de la France, où la famille de l'officier détenait des biens considérables.

Le couple a eu deux enfants, un fils et une fille.
Les deux enfants ont grandi comme chrétiens comme toute la famille de son père.

Jusqu'en terminale, Michel est allé dans un lycée privé dirigé par des prêtres jésuites.
Un jour, quelqu'un lui a dit en plaisantant que, selon la tradition juive, il était juif.

Cette nouvelle n'a rien changé pour lui, mais soudainement, il s'est intéressé aux Juifs et a profité de l'occasion de l'échange d'étudiants pour venir visiter Israël.

His story was interesting.

At the end of the Second World War, in a transit camp in Germany, his Polish Jewish mother, a Holocaust survivor, fell in love with a French officer.

They married and moved to the south of France, where the officer's family owned considerable assets.

The couple had two children, a son and a daughter.
Both children grew up as Christians like his father's entire family.

Until the twelfth grade, Michel went to a private high school run by Jesuit priests.
One day, someone jokingly told him that, according to Jewish tradition, he was Jewish.

This news did not change anything for him, but suddenly he became interested in the Jews and took advantage of the opportunity of the exchange of students to visit Israel.

Il était mince, grand, très beau, blond aux yeux bleus, plein de confiance en soi, intéressé par seulement deux choses :
a. Les femmes
b. jouer au tennis

Bien sûr, en peu de temps, il a atteint ces deux objectifs :
Parce qu'il ne connaissait pas du tout l'hébreu, tout le monde parlait anglais avec lui.

Un grand avantage pour lui aux yeux des Israéliens, dans un pays où tout le monde veut apprendre cette langue.

Grâce à son haut niveau de tennis, il est devenu une célébrité en une semaine.
Tous les membres du club de tennis du Technion faisaient la queue pour jouer contre lui.

Quant aux filles, il n'a pas perdu de temps, lors de notre première soirée étudiante, il a proposé à une jolie fille de danser avec lui, la nuit même elle couchait dans son lit.
Au bout d'un mois, Michel a acheté une petite auto Peugeot rouge.

He was slim, tall, very handsome, blond with blue eyes, full of self-confidence, interested in only two things:

a. women
b. playing tennis

Of course, in a short time, he was successful in both of these endeavors:
Because he did not know Hebrew at all, everyone spoke English with him.

This was a big advantage for him in the eyes of the Israelis, in a country where everyone wants to learn this language.

Thanks to his high level of tennis, he became a celebrity in a week.
All members of the Technion Tennis Club were lining up to play against him.

As for the girls, he wasted no time, during our first student party, he asked to a pretty girl to dance with him; the same night she slept in his bed.

After a month, Michel bought a small red Peugeot car.

Son utilisation était très pratique pour faire du shopping ou se promener.

Je dois confesser qu'il me l'a aussi prêté plusieurs fois.

With a car it was very convenient for shopping or visiting.

I must admit that he lent it to me several times.

Chapitre 3 - Chapter 3

J'avoue que je le jalousais à cause de tous ces succès.
J'étais exactement le contraire de lui : un garçon timide, calme, solitaire, inexpérimenté avec les femmes.

I was jealous of him because of all these successes.
I was exactly the opposite of him: a shy boy, calm, lonely… inexperienced with women.

Je suis né en Tunisie dans une famille religieuse qui a émigré en France dans les années 60.

I was born in Tunisia in a religious family that immigrated to France in the 60s.

Nous vivions dans un petit appartement du sud de Paris, mon père, ma mère, ma grand-mère et mes deux frères.
Ma mère étant la fille unique de ma grand-mère, celle-ci vivait toujours avec nous.
Mon grand-père, avocat de profession, de dix ans plus âgé que ma grand-mère, est mort un an après notre arrivée en France.

We lived in a small apartment in the south of Paris, my father, my mother, my grandmother and my two brothers.
Because my mother was my grandmother's only daughter, she always lived with us.
My grandfather, a lawyer by profession, 10 years older than my grandmother, died a year after we arrived in France.

Ma grand-mère, comme c'était courant à son époque, n'était pas allée à l'école.
Malgré cet inconvénient, ma grand-mère était responsable de toutes les affaires de la maison, en particulier pour la religion.

My grandmother, as was customary at her time, did not go to school.
Despite this disadvantage, she took charge of all matters in the house, especially with regard to religion.

Elle n'avait pas appris à lire et à écrire et ne parlait qu'en dialecte arabe juif tunisien.

Tout le monde dans sa famille était très religieux, son frère était rabbin, et sa sœur avait épousé un ministre officiant.
Mes frères et moi, observions le Chabat, on priait et mettait les Tefillins tous les jours.

Nous mangions kasher, et observions toutes les fêtes, tous les jours de jeûne, etc.
Mon père était moins religieux, mais nous allions avec lui à la synagogue tous les samedis et les jours de fêtes.
Dans une telle atmosphère, j'ai grandi et étudié à Paris.

Mais les années passant, vers l'âge de seize ans, l'influence de l'environnement extérieur a changé la situation familiale.
Nous avons commencé à nous assimiler un peu.

Nous avons arrêté d'observer le Chabat et de prier tous les jours. Nous avons jeûné seulement les jours de Yom

She did not learn to read and write and spoke only in the dialect of Tunisian Jewish Arabic.
Everyone in her family was very religious, her brother was a rabbi, and her sister married a cantor.

My brothers and I were observing Shabbat, praying and putting Tefillin on a daily basis.
We ate kosher, and observed all the feasts, all the days of fasting, etc.
My father was less religious, but we went with him to the synagogue every Saturday and on Jewish holidays.

In such an atmosphere, I grew up and studied in Paris.

But as the years passed, around the age of sixteen, the influence of the external environment changed the family situation.
We started to assimilate a little.

We stopped keeping Shabbat and praying every day.
We fasted only on Yom Kippur and on Tisha B'Av.

Kippour et de Tisha B'Av,
Nous sommes allés à la synagogue seulement le vendredi soir et les grandes fêtes.
Nous n'étions pas riches, c'est le moins que l'on puisse dire, donc nous ne sommes pas allés dans une école juive privée, mais au lycée laïc parce que les études y étaient gratuites.
Dès notre plus jeune âge, nous allions au Talmud Torah deux fois par semaine, tous les dimanches et tous les jeudis, alors que mes amis jouaient au football.
Comme dans les autres matières, j'étais un bon élève qui aimait étudier.

Là-bas, j'ai appris la religion juive, les fêtes, les prières, les mitsvot, les bénédictions, toutes les lois de Moïse et d'Israël.
J'ai appris la Bible et la grammaire hébraïque.

J'ai vraiment aimé apprendre l'histoire d'Israël et le triste sort du peuple juif : le Sacrifice d'Isaac, l'Exode, le jugement du roi Salomon, la destruction des deux

We went to the synagogue only on Friday nights and feasts.

We were not rich, to say the least, so we did not go to a private Jewish school, but to a state high school because there the classes were free.

From an early age, we went to the Talmud Torah twice a week, on Sundays and Thursdays, while my friends played football.

As in all other subjects, I was a good student who liked to study.

There, I learned about the Jewish religion, the feasts, the prayers, the mitzvoth, the blessings, all the laws of Moses and Israel, etc.
I studied the Bible and Hebrew grammar.

I really enjoyed learning about the history of Israel and the sad fate of the Jewish people: the Sacrifice of Isaac, the Exodus, the judgment of King Solomon, the

temples, la révolte de Bar Kochba, l'expulsion d'Espagne, le mouvement Hassidique, l'antisémitisme, le mouvement des Lumières juif (HasKalah), le Sionisme, la tragédie de l'Holocauste, la création de l'Etat d'Israël.

J'ai appris toutes les guerres d'Israël, tous les héros depuis Samson et Dalila en passant par David et Goliath jusqu'à Joseph Trumpeldor, tous m'étaient familiers.

Je savais par cœur que "Masada ne tomberait pas une deuxième fois" et que "Si vous le voulez, ce ne sera pas un rêve".

Mais tous nos enseignants étaient des personnes religieuses, âgées qui ne connaissaient pas l'hébreu d'aujourd'hui.

J'étais un génie en Hébreu Biblique, mais incapable de commander un café dans un restaurant en hébreu correct.

destruction of the two temples, the revolt of Bar Kochba, the expulsion from Spain, the Hasidic movement, anti-Semitism, the Jewish Enlightenment (HasKalah), Zionism, the tragedy of the Holocaust, and also the creation of the State of Israel.
I learned about all the wars of Israel, all the heroes from Samson and Dalila through David and Goliath to Joseph Trumpeldor, all of them were familiar to me.

I knew by heart that "Masada shall not fall again" and that "If you will it, it is no legend."

But all our teachers were religious people, old people with no knowledge of today's Hebrew.

I was a genius on the Bible, but I could not order a cup of coffee in proper Hebrew in a restaurant in Tel-Aviv.

Chapitre 4 - Chapter 4

J'ai arrêté d'aller au Talmud Torah assez tard, à l'âge de seize ans environ.
En même temps, nous, les fils, nous nous sommes éloignés du judaïsme à petits pas.

Seulement deux choses m'importaient vraiment dans la vie :
Les mathématiques et l'amour d'Israël.

Après le lycée, j'ai fait avec facilité une licence et une maîtrise de maths à Paris.
Je n'étais pas particulièrement doué, mais je suis tombé amoureux de ce monde.

Un monde simple et précis dans lequel les choses sont vraies ou fausses, point final.

Pendant tout ce temps, j'ai vécu chez mes parents et je leur ai donné tout l'argent que je gagnais, grâce aux cours privés que je donnais.

À l'âge de 23 ans, après avoir obtenu ma maîtrise, j'ai décidé de réaliser mon

---

I stopped going to the Talmud Torah quite late in life, at the age of about sixteen.
At the same time, we, the sons, had moved away from Judaism with small steps.

Only two things really mattered to me in life:

Mathematics and the love of Israel

After high school, I earned a bachelor's degree and a Math's degree in Paris easily.
I was not particularly good at Math, but I fell in love with this world.

A simple and precise world in which things are true or false, period.

During all this time, I lived with my parents and gave them all the money I earned, thanks to the private lessons I gave.

At the age of 23, after graduating, I decided to fulfill my second dream: to

deuxième rêve : immigrer en Israël.

Ma mère a beaucoup pleuré, mon père était très fier de moi, il a dit à tous ses amis que son fils était un vrai héros qui voulait vivre dans le pays des Juifs, sur la terre où coule le lait et le miel.

J'avais visité Israël plusieurs fois, mais uniquement pendant les vacances d'été, en tant que touriste, chez ma famille.

La partie la plus religieuse de la famille de ma mère avait immigré en Israël dès 1950 de Tunisie.

J'avais beaucoup de parents en Israël, tous religieux, tous à Jérusalem.

À l'âge de 18 ans, j'ai fait du bénévolat pendant deux mois au kibboutz.

Je n'ai pas vraiment aimé l'expérience du kibboutz.

Le travail de cueillette de pommes était très fatigant et ennuyeux.

Il est à noter qu'après une fête avec des volontaires de différents pays, j'ai fait la "chose" pour la première fois

immigrate to Israel.

My mother cried a lot, my father was very proud of me. He told all his friends that his son was a true hero who wanted to live in the country of the Jews, on the land where milk and honey flow.

I had visited Israel many times, but only during the summer holidays, as a tourist, staying at my family's home.

The most religious part of my mother's family had immigrated to Israel as early as 1950 from Tunisia.

I had many relatives in Israel, all religious, all in Jerusalem.

At the age of 18, I volunteered for two months at the kibbutz.

I did not really like the kibbutz experience.

The apple-picking work was very tiring and boring.

It should be noted that after a party with volunteers from different countries, I made the "thing" for the first time with a

avec une fille belge à moitié ivre comme nous l'étions tous.

Belgian girl half-drunk as we all were.

En tout cas en France, je n'avais pas de copine.
Je vous l'ai déjà dit, je n'étais pas particulièrement doué dans tous les domaines.

In any case, I did not have a girlfriend in France.
I have already told you, I was not particularly gifted in all areas.

Eh bien, je voulais aller en Israël, mais où ?
Le cousin de ma mère, rabbin, était très enthousiaste et a déclaré que je devais vivre à Jérusalem près de lui et de ses fils.

Well, I wanted to go to Israel, but where?
My mother's cousin, a rabbi, was very enthusiastic and said that I had to live in Jerusalem near him and his sons.

Je n'ai pas tellement aimé cette idée parce que j'étais devenu non religieux au fil des années.
Seule la fille du rabbin, Rivka, vivait à Haïfa.
La raison en était que son mari, un homme religieux comme elle, travaillait au centre informatique du Technion.

I did not really like the idea because I had become non-religious over the years.
Only the rabbi's daughter, Rivka, lived in Haifa.
The reason was that her husband, a religious man like her, was working at the Technion computer center.

Heureusement, le mari de Rivka connaissait un professeur de mathématiques.
Celui-ci m'a proposé de faire un doctorat dans son

Fortunately, Rivka's husband knew a Math professor.

He offered me to work on a doctorate in his number

département en théorie des nombres.

Bien que ma spécialité fût plus dans le domaine de la géométrie algébrique, j'ai pensé que je pourrais m'en arranger sans problèmes.

De plus, mes parents pensaient, et à juste titre, que Rivka m'aiderait dans la vie quotidienne, et ainsi je ne serais pas seul, perdu dans un pays étranger.

Bien que Rivka ait eu quelques années de plus que moi et soit mariée avec des enfants, je me suis toujours très bien entendu avec elle.
C'était une femme agréable et peine de charme.

En octobre 79, j'ai quitté ma famille sans hésitation et j'ai immigré en Israël.

Au cours des six premiers mois, j'ai connu beaucoup de difficultés et de grandes souffrances.
Il m'a fallu beaucoup de temps pour comprendre le sujet de recherche.
De plus, il m'est rapidement

theory department.

Although my expertise was in the field of algebraic geometry, I thought I could manage number theory without any particular problems.

Moreover, my parents thought, and rightly so, that Rivka would help me in everyday life, and so I would not be alone, lost in a foreign country.

Although Rivka was a few years older than I was and married with children, I always got on very well with her.
She was a pleasant and charming woman.

In July 1979, I left my family without hesitation and immigrated to Israel.

During the first six months, I experienced a lot of hardship and suffering.

It took me a long time to understand the research topic.
In addition, it quickly became

apparu que mon professeur, un homme gentil de 64 ans proche de la retraite, était incapable de m'aider dans les méandres de ma recherche.

Moi, le sioniste, l'amoureux de Sion, qui rêvait de la Terre d'Israël, je me sentais frustré et désespéré.

Le monde entier était contre moi !

Pendant que Michel faisait la fête, je me cassais la tête sur ma thèse.

Sans parler des filles israéliennes qui se moquaient de moi chaque fois que j'essayais de dire quelque chose avec mon hébreu cassé.

Le rêve était devenu un cauchemar!

clear to me that my teacher, a nice 64-year-old man close to retirement, was unable to help me through the meanders of my research.

I, the Zionist, the lover of Zion, who dreamed of the Land of Israel, felt frustrated and desperate.

The whole world was against me!

While Michel was celebrating, I broke my head on my thesis.

Not to mention the Israeli girls who made fun of me every time I tried to say something with my broken Hebrew.

The dream had become a nightmare!

Chapitre 5 - Chapter 5

Mais après six mois, les choses ont commencé à s'améliorer pour moi.
Début mars, mon professeur m'a suggéré de travailler comme assistant pour les étudiants de premier cycle.

J'étais très expérimenté dans ce poste parce qu'à Paris j'avais déjà travaillé comme assistant pendant plus de trois ans.
Mais je ne suis pas sûr que ce soit ce qui l'a fait me choisir parce que d'autres doctorants étaient sur la liste.
J'ai tendance à penser qu'il se sentait coupable parce qu'il ne m'aidait pas du tout dans mon travail de recherche.
Quoi qu'il en soit, je travaillais dix heures par semaine comme chargé de cours à la Faculté de Mathématiques et deux heures à la Faculté d'Architecture
Cette faculté avait deux particularités intéressantes :

L'une que le bâtiment était situé dans le centre de Haïfa, en dehors du campus.
La deuxième que le nombre

But after six months, things started to improve for me.

In early March, my professor suggested I work as an assistant for undergraduate students.

I was very experienced in this position because in Paris I had already worked as an assistant for more than three years.
But I'm not sure that's what made him choose me because many other doctoral students were on the list.
I tend to think he felt guilty because he did not help me at all in my research work.

Anyway, I worked ten hours a week as an assistant at the Faculty of Mathematics and two hours at the Faculty of Architecture.

This latter faculty had two interesting features:

One, that the building was located in the center of Haifa, off campus.
Second, the number of girls

de filles était le même que le nombre de garçons.

J'acceptais avec enthousiasme.
Malgré le défi du langage, j'ai décidé de contrôler les choses immédiatement.
La première fois que je suis entré dans la classe, j'ai dit au groupe d'étudiants les paroles suivantes :

— Bonjour, je m'appelle Philippe, je suis un nouvel immigrant de France, je suis là pour vous aider à réussir l'examen.
Je sais que j'ai un fort accent et que je fais des fautes en hébreu, mais vous avez intérêt à comprendre une chose tout de suite !

Dans mon cours, on ne parle qu'une seule langue :
les maths !
Celui qui travaille va réussir !
Point.

Et pour les impressionner pour toujours, j'ai ajouté :
— Encore une chose, le professeur est d'accord pour que je rédige le contenu de votre examen final.

was the same as the number of boys.

I accepted with enthusiasm.
Despite the language challenge, I decided to get the things under control immediately.
The first time I entered the class, I told the group of students the following words:

"Hello, my name is Philippe, I am a new immigrant from France, and I am here to help you pass the exam.

I know that I have a strong accent and that I make mistakes in Hebrew, but you better understand one thing right now!

In my class, we speak only one language:
the language of Math!
Whoever works will succeed!
Period!"

And to impress them even more, I added:
"One more thing, the professor agrees that I write the content of your final exam.

Donc je vous recommande de m'écouter !

J'étais volontairement très sévère.
Cette méthode a parfaitement fonctionné, et après une semaine tous les étudiants de première année, y compris en architecture, savaient qu'être dans ma classe n'était pas une blague.
Dommage qu'une telle assurance n'ait existé qu'en apparence.
Intérieurement, je souffrais d'un complexe d'infériorité parce que la plupart des élèves étaient presque de mon âge et avaient déjà terminé leur service militaire.

Plusieurs fois j'ai pensé qu'ils avaient dû faire des exercices beaucoup plus dangereux que la résolution d'équations différentielles.
Cependant, travailler comme assistant m'a procuré un réel plaisir, surtout en Faculté d'Architecture.
Tous les jeudis, je quittais le campus pour descendre au centre de Haïfa.

Sortir du Technion, de

So I recommend you listen to me!"

I was deliberately very severe.
This method worked perfectly, and after a week all the freshmen, including Architecture majors, knew that being in my class was not a joke.

Too bad that such insurance only existed in appearance.
Internally, I suffered from an inferiority complex because most of the students were almost my age and had already completed their military service.

Many times I thought that they had to do exercises and drills much more dangerous than solving differential equations.
However, working as an assistant gave me a real pleasure, especially in the Faculty of Architecture.
Every Thursday, I left the campus to go down to the center of Haifa.

To leave the Technion, the

l'environnement étudiant, se promener dans la ville, marcher dans les rues, voir les vitrines, c'était comme respirer de l'oxygène pour un malade.

student environment, walk around the city, walk the streets, see the shop windows… it was like breathing oxygen for a patient.

Michel avait compris ce besoin avant moi.
Il s'était inscrit à un cours de théâtre au Centre Culturel français de Haïfa.
La plupart des participantes étaient des femmes françaises, mariées, désœuvrées, qui s'ennuyaient à la maison.

Michel had understood this need before me.
He had enrolled in a theater class at the French Cultural Center in Haifa.

Most of the participants were French women, married, idle, and bored at home.

Le directeur du Centre, qui faisait aussi office de metteur en scène avait choisi de monter la comédie "L'Avare" de Molière.

The Director of the Center, who also acted as director, had chosen to stage Molière's comedy "L'Avare".

Les répétitions avaient lieu le jeudi soir, le jour même où je travaillais comme assistant à la faculté d'architecture.

The rehearsals were on Thursday night, the same day I was working as an assistant at the Faculty of Architecture.

Comme prévu, Michel a profité de l'occasion pour nouer une relation intime avec la plus belle actrice du groupe, une femme française mariée d'environ 35 ans, professeur de français dans

As expected, Michel took the opportunity to establish an intimate relationship with the most beautiful actress of the group, a married French woman about 35 years old, a French teacher in a college.

un collège.
Le groupe avait l'habitude d'aller au restaurant après les répétitions et je les rejoignais après avoir fini de travailler.

Maintenant, vous pouvez vous demander à juste titre : Pourquoi n'ai-je pas trouvé une petite amie, comme Michel l'avait fait dans le groupe ?
La barrière du langage n'existait pas.
Franchement, je ne sais pas, peut-être que j'avais peur de la différence d'âge ou du fait qu'elles soient mariées.
Je ne voulais pas avoir de problèmes avec leurs maris.

Je pense juste que je n'avais pas le charme de Michel, c'est tout !
Comme disait ma grand-mère en arabe, "Mektoub" tout était écrit d'en haut !

L'amour de ma vie ne m'attendait pas dans un théâtre, à Haïfa ou sur le campus du Technion.
Non, elle m'attendait, par un samedi très chaud, à la plage de Bat Galim !

The group used to go to the restaurant after the rehearsals and I joined them after I finished working.

Now, you can rightly ask: Why did not I find a girlfriend, like Michel did in the group?

The language barrier did not exist.
Frankly, I do not know, maybe I was afraid of the age difference or the fact that they were married.
I did not want to have problems with their husbands.
I just think I did not have Michel's charm, that's all!

As my grandmother uses to say in Arabic, "Mektoub" everything is written from above!
The love of my life did not wait for me in a theater, in Haifa or on the Technion campus.
No, she was waiting for me on a hot Saturday at Bat Galim Beach!

Chapitre 6 - Chapter 6

Habituellement, je déteste la plage, surtout en été les samedis et les jours fériés, Trop de monde, de bruit, d'enfants, de raquettes (matkot), etc.

Mais comme je l'ai déjà dit, j'ai accepté cette fois d'accompagner Michel parce que je voulais me changer les idées des études / du travail et m'amuser.

Rivka et toute sa famille étaient partis en vacances en France.
La petite amie actuelle de Michel était une touriste américaine venue de Brooklyn pour étudier l'hébreu à l'université de Haïfa durant l'été.

Michel m'a assuré qu'elle avait une amie sympa, touriste comme elle, qui voulait me rencontrer pour parler hébreu avec moi.

Alors j'ai pensé que cela en valait la peine...

Alors que j'étais sur le point de sortir de la voiture, j'ai remarqué un livre posé sur le

Usually, I hate the beach, especially in the summer, on Saturdays and holidays… too many people, noise, children, (matkot), etc.

But as I said before, this time, I accepted to accompany Michel because I wanted to change the ideas of studies and was hoping to have fun...

Rivka and all his family had gone to France on holiday. Michel's current girlfriend was an American tourist who came from Brooklyn to Israel to study Hebrew at Haifa University during the summer.

Michel assured me that she had a nice friend, a tourist as well, who wanted to meet me to speak Hebrew with me.

So I thought it was worth it ...

As I was about to get out of the car, I noticed a book on the back seat, "Pilote de

siège arrière, «Pilote de guerre» de Saint-Exupéry.

guerre" from the French writer Saint-Exupéry.

Dans ma jeunesse j'avais adoré le lire alors je l'ai pris et l'ai mis dans mon sac.

In my youth I loved reading it so I took it and put it in my bag.

Nous avons marché sur la plage et rencontré les filles. Elles étaient là, Lucy, la petite amie de Michel et son amie Jane.

We walked on the beach and met the girls. They were there, Lucy, Michel's girlfriend and her friend Jane.

Il y avait aussi un jeune Israélien qui s'est présenté comme leur professeur d'hébreu, mais j'ai rapidement réalisé qu'il était plus que ça pour Jane !

There was also a young Israeli who introduced himself as their Hebrew teacher, but I quickly realized that he was more than that for Jane!

Ce qui m'a surpris, c'est que tous les trois parlaient en anglais.

What surprised me was that all three spoke English.

Quel culot, leurs parents avaient payé pour les envoyer en Israël pour étudier l'hébreu, et leur professeur parlait anglais avec eux.
Quel clown ! Je me suis senti superflu, je n'avais rien à faire avec ces gens-là.

What a hutzpah, their parents had paid to send them to Israel to study Hebrew, and their teacher spoke English with them.
What a clown! I felt superfluous; I had nothing to do with these people.

En français, j'ai dit à Michel :
— J'ai trop chaud, je préfère

In French, I said to Michel:
"I'm too hot, I prefer to leave."

partir.

Je me suis levé et je les ai quitté sans dire au revoir
Je voulais rentrer à la maison.

Je ne savais pas qu'à l'arrêt de bus mon destin m'attendait !

Je me suis assis sur le banc de la station et j'ai commencé à parcourir le livre.
Soudain, j'entendis la voix d'une jeune femme, une voix musicale qui me demandait en français.
— Tu es français ?
J'ai levé les yeux et elle était là !

Tout son corps cachait le soleil.
Une fille aux cheveux blonds, à la peau blanche et aux grands yeux verts, très jolie.
Elle était vêtue d'une jupe blanche serrée, assez courte pour révéler des jambes fines et musclées, et d'un débardeur assez transparent pour révéler son soutien-gorge et deux seins ronds impressionnants.

I got up and left them without saying goodbye.
I wanted to go home.

I did not know that at the bus stop my fate was waiting for me!

I sat on the station bench and started to read the book.

Suddenly, I heard the voice of a young woman, a musical voice that asked me in French.
"Are you French?"
I looked up and she was there!

Her whole body was hiding the sun.
A girl with blond hair, white skin and large green eyes, very pretty.
She was wearing a tight white skirt, short enough to reveal slender, muscular legs, and a pretty shirt, transparent enough to reveal her bra and two impressive round breasts.

Elle portait un bracelet en or au bras droit et des boucles d'oreilles pendantes.
Elle avait un sac Chanel à la main.

Tout son look montrait que c'était une fille sophistiquée, sûrement riche et typiquement française.

She wore a gold bracelet on her right arm and dangling earrings.
She held a Chanel bag in her hand.

Her whole look showed that she was a sophisticated girl, surely rich and typically French.

Chapitre 7 - Chapter 7

J'ai répondu positivement.
Elle a demandé à nouveau :
— Tu es en vacances ici ?
J'ai répondu :
— Pas exactement, je suis étudiant.
— Alors tu sais quel est le numéro du bus qui va au centre du Carmel.
Elle était pleine de confiance en soi, posant des questions directes.
J'ai répondu à nouveau :
— Ca doit être le numéro 37, je pense.

— Merci, ah, le voilà !
Elle était aussi excitée qu'une petite fille.

L'autobus s'est arrêté, elle est montée et a donné un ticket au chauffeur.
Soudain, sans trop réfléchir, j'ai sauté moi aussi dans le bus !
(J'étais, bien sûr, supposé prendre un autre bus pour le Technion.)
Nous avons marché ensemble jusqu'au fond du bus et nous nous sommes assis au dernier rang.
Son parfum était très agréable, cher, une

I responded positively.
She asked again:
"Are you on vacation here?"
I answered:
"Not exactly, I'm a student."

"So, surely, you know the bus number that goes to the center of Carmel.
She was self-confident, asking direct questions.

I replied again:
"Should be number 37, I think."

"Thank you, ah, here it is!"
She was as excited as a little girl.

The bus stopped, she got on and gave a ticket to the driver.
Suddenly, without thinking too much, I too jumped on the bus!
(I was, of course, supposed to take another bus to the Technion.)
We walked together to the end of the bus and sat in the last row.

Her perfume was very nice, expensive, a combination of

combinaison de saveur de citron et d'épices.

Elle était intriguée et voulait en savoir plus :

— Tu habites au Carmel ?

— Non, mais j'ai quelques courses à faire là-bas.

J'ai répondu sans hésitation.

(Il m'a semblé que tout le monde dans le bus criait : menteur !)

J'ai rougi un peu à cause du mensonge.

Elle a ajouté :

— Je dois acheter un maillot de bain, tu peux m'accompagner au magasin ?

— Bien sûr que oui ! J'ai répondu joyeusement.

Le bus a commencé à monter vers le mont Carmel.

En même temps, elle a commencé à parler sans retenue d'elle-même, de sa famille.

Elle a 23 ans et vit dans un appartement à Versailles près du palais. Ses parents vivent également à Versailles, non loin d'elle.

Son père a servi dans l'armée française toute sa vie, il a pris sa retraite il y a un an avec le grade de général. Sa mère

lemon flavor and spice.

She was intrigued and wanted to know more:

"Do you live in Carmel?"

"No, but I have to do some shopping there."

I answered without hesitation.

(It seemed to me that everyone on the bus was shouting: liar!)

I blushed a little because of the lie.

She added:

"I need to buy a swimsuit, can you go with me to the store?"

"Yes of course! I replied happily."

The bus started to climb Mount Carmel.

At the same time, she began to talk freely about herself and her family.

She is 23 years old and lives in an apartment in Versailles near the palace. Her parents also live in Versailles, not far from her.

Her father served in the French army all his life, he retired a year ago with the rank of general. His mother

ne travaille pas. Elle a un frère. Elle est allée dans un lycée chrétien à Versailles et a été élevée par des prêtres jésuites.
(Je n'ai pas pu m'empêcher de penser : exactement comme Michel !).

Maintenant, elle fait son droit à Paris. Elle étudie le ballet et le piano depuis l'âge de 7 ans, et continue encore aujourd'hui de danser plusieurs heures par semaine - j'ai compris alors le secret de ses belles jambes - son musicien classique préféré est Mozart.

Son oncle, un peintre, vit dans une villa au Carmel depuis deux ans.
Il l'a invitée à lui rendre visite. Les parents s'y sont opposés car l'oncle est gay et vit avec un artiste israélien.

Les deux se sont rencontrés lors d'une exposition de peinture à Londres et sont tombés amoureux, alors son oncle a déménagé ici au Carmel avec son partenaire.
(Une certaine forme de sionisme).

does not work. She has a brother.
She went to a Christian high school in Versailles managed by Jesuit priests.
(I could not help thinking, "exactly like Michel!").

Now she is a student of law in Paris. She has been studying ballet and piano since the age of 7, and still continues to dance several hours a week.
"So I understood the secret of her beautiful legs".
Her favorite classical musician is Mozart.

Her uncle, a painter, has lived in a villa in the Carmel quarter for two years.
He invited her to visit him. The parents opposed it because the uncle is gay and lives with an Israeli artist.

The two met at a painting exhibition in London and fell in love, so her uncle moved here to Carmel with his partner.

(A particular form of Zionism.)

Depuis lors, ses parents ont décidé de le boycotter. Malgré tout, elle a insisté pour venir parce qu'elle n'a jamais été en Israël et veut visiter les lieux saints.

Fin juillet, elle s'envolera vers la Grèce avec un groupe d'amis et fera une croisière dans les îles grecques en août.

Since then, her parents decided to boycott him. Despite this, she insisted on coming because she has never been to Israel and wants to visit the Christian holy places.

At the end of July, she will fly to Greece with a group of friends and take a cruise to the Greek islands in August.

Chapitre 8 - Chapter 8

Elle parlait tout le temps.
Soudain elle a cessé de parler parce qu'elle a remarqué que je n'avais pas été capable de placer un mot depuis plusieurs minutes.
— Et toi, qu'est-ce que tu étudies ?
J'étais sur le point de dire que je faisais un doctorat, mais elle a crié : « On est arrivés »

Nous descendîmes du bus et, sans hésiter,
elle prit une rue à droite.
En une minute, nous étions devant un magasin de maillots de bain.
Soudain, j'ai senti une sensation étrange, pas du tout confortable.

Tout le monde, en particulier les hommes, nous regardait.
Plus exactement, je dirais qu'ils la regardaient elle, sa beauté.
En tant que jeune homme timide J'avais l'habitude d'être transparent, je n'ai pas du tout aimé cette situation.
Nous sommes rentrés dans le magasin, là aussi l'atmosphère était nouvelle pour moi.

She spoke all the time.
Suddenly she stopped talking because she noticed that I had not been able to say a word for several minutes.

"And you, what are you studying?"
I was about to say that I was doing a doctorate, but she shouted, "Here we are!"

We got off the bus and, without hesitation;
she went down a street on the right.
In a minute we were in front of a swimwear store.
Suddenly, I felt a strange sensation, not at all comfortable.

Everyone, especially men, was watching us.
More exactly, I would say they were looking at her, her beauty.
As a shy man I used to be transparent and I did not like this situation at all.

We entered the store and also there, the atmosphere was new to me.

J'étais le seul homme. Elle a tourné pendant quelques minutes et a pris un maillot de bain sur une étagère.

Ensuite, en excellent anglais, sans accent, elle a demandé à la vendeuse où étaient les cabines d'essayage.
Comme un bon garçon, je l'ai attendu près de la caisse, mais elle est sortie rapidement, en bikini rouge minimaliste, et a annoncé : «Je le prends ».

En vérité il était parfait pour exhiber son corps incroyable.

Sans réfléchir, en hébreu, j'ai demandé combien il coûtait.
La vendeuse a regardé le tarif et m'a répondu en anglais :
— Sept cents shekels.
J'étais sous le choc ! J'ai encore demandé en hébreu : "Combien il coûte ?".
La vendeuse a dit de nouveau en anglais d'une voix condescendante :
— Sept cents shekels !
Heureusement, j'avais mon chéquier avec ma carte d'identité et mon passeport dans mon sac.

I was the only man.
She turned for a few minutes and took a swimsuit on a shelf.

Then, in excellent English, without accent, she asked the saleswoman where the changing rooms were.
Like a good boy, I waited for her by the cash register. She came out quickly, dressed in a tiny red bikini and announced, "I'll take it."

Honestly, it was perfect for her to exhibit her amazing body.

Without thinking, in Hebrew, I asked the cost.
The saleswoman looked at the price list and replied in English:
"Seven hundred shekels."
I was shocked! I asked again in Hebrew:
"How much does it cost?"
The saleswoman said again in English with a condescending voice:
"Seven hundred shekels!"
Luckily, I had my checkbook with my ID and passport in my bag.

J'ai payé, nous avons dit merci et quitté le magasin.
Ensuite, elle m'a demandé :
— Où est le magasin dont tu as besoin ?
Je n'étais pas d'humeur à acheter autre chose,
j'ai répondu :
— Je suis fatigué, la prochaine fois.

Outre le prix, ce qui m'ennuyait, c'est qu'elle ne m'avait même pas dit merci.
Peut-être qu'elle pensait qu'elle ne devait pas me remercier parce que ce n'était pas si cher

(Oui, une petite fille gâtée qui avait l'habitude de recevoir des cadeaux !)
Soudain, elle se tourna vers moi, prit ma main et la posa sur sa poitrine.
Ses mains ont saisi ma tête et elle m'a embrassé profondément.
Après quelques minutes, elle a reculé et a dit avec un charmant sourire :
— Désolé j'avais oublié de te dire merci ! Je m'appelle Sylvia, quel est ton nom ?
Ses yeux verts étincelaient d'excitation.

I paid, we said thank you and left the store.
Then she asked me:
"Where is the store you need?"
I was in no mood to buy anything else;
I answered:
"I'm tired, next time."

Besides the price, what annoyed me was that she did not even say thank you.
Maybe she thought she should not thank me because it was not so expensive

(Yes, a spoiled little girl who is used to receiving gifts!)

Suddenly she turned to me, took my hand and laid it on her chest.
She grabbed my head with her hands and she kissed me deeply.
After a few minutes, she stepped back and said with a charming smile:
"Sorry I forgot to say thank you! My name is Sylvia, what's your name?"
Her green eyes sparkled with excitement.

Chapitre 9 - Chapter 9

Quand j'ai repris mon souffle, j'ai réussi à murmurer :
— Je m'appelle Philippe.
Elle répondit :
— Enchanté, Philippe !
Je lui ai suggéré :
— On peut aller dans un café boire un verre ?

Mais elle a refusé avec un sourire et a dit :
— C'est une bonne idée, mais je préfère qu'on aille chez moi.
Quelle détermination ! Je me suis senti soudain confus, je ne m'attendais pas à une telle attitude.
Toutes sortes de pensées folles m'ont traversé l'esprit.
Qu'est-ce qui lui arrive, peut-être que c'est une malade mentale ou quelque chose comme ça.
Mon côté rationnel a commencé à poser des questions troublantes.
Nous nous sommes rencontrés il y a à peine deux heures. Peut-être que c'est un piège, qu'elle veut me voler ou me kidnapper.

Mon cœur battait vite.
Je me suis calmé.

When I caught back my breath, I managed to whisper:
"My name is Philippe."
She replied:
"Nice to meet you, Philippe!"
I suggested to her:
"Can we go to a cafe for a drink?"

But she refused with a smile and said:
"It's a good idea, but I prefer we go to my place."

What determination! I felt suddenly confused; I did not expect such an attitude.

All kinds of crazy thoughts crossed my mind.
What happened to her, maybe she was mentally ill or something like that.

My rational side began to ask disturbing questions.

We met only two hours ago!

Maybe it's a trap, maybe she wants to rob me or kidnap me.

My heart was beating fast.
I calmed down.

De telles choses n'arrivent que dans les films.
Nous nous sommes étreints et embrassés de longues minutes.
J'ai senti des frissons dans tout mon corps.
Mes peurs avaient disparu, je ne savais pas ce qui pouvait arriver mais je m'en fichais.

Nous avons pris un taxi, Sylvia a donné au chauffeur, un Arabe, l'adresse en anglais, mais il ne l'a pas comprise.
En hébreu, je lui ai encore donné le nom de la rue.
Cette fois, il a compris et m'a dit :
— Tu t'es trouvé une super bombe, mon pote !
Dans le taxi, nous nous sommes embrassés tout le temps.
Son corps, son odeur, j'étais comme ivre.
Nous sommes arrivés, le chauffeur de taxi s'est arrêté et Sylvia l'a payé.
La villa était vraiment suspendue sur la montagne, une maison luxueuse avec une vue imprenable sur la baie de Haïfa.
Soudain, un homme d'une

Such things happen only in movies.
We hugged and kissed for a few long minutes.

I felt chills all over my body.

My fears were gone, I did not know what could happen but I did not care.

We took a taxi, Sylvia gave the driver, an Arabic guy, the address in English, but he did not understand it.

In Hebrew, I gave him the name of the street again.
This time, he understood and said to me:
"You found yourself a hottie, buddy!"
In the taxi, we kissed all the time.

Her body, her smell… I was as if drunk.
We arrived, the taxi driver stopped and Sylvia paid him.

The villa was really perched on the mountain,
a luxurious house with a breathtaking view of Haifa Bay.
Suddenly, a man in his fifties,

cinquantaine d'années, très élégant, est sorti de la maison, avec un chapeau Panama sur la tête.

Il a embrassé Sylvia sur la joue et a dit :

— Je dois partir, je suis en retard.

Il me jeta un coup d'œil de côté et monta dans sa voiture, une voiture décapotable.

Il fit un signe de la main et partit rapidement.

Sylvia sourit et dit :

— Je te présente mon oncle Charles.

very elegant, came out of the house, a Panama hat on his head.

He kissed Sylvia on the cheek and said:
"I have to leave, I'm late."

He gave me an indirect look and got into his car, a convertible.

He made a sign with his hand and left quickly.

Sylvia smiled and said:
"Let me introduce to you my uncle Charles

Chapitre 10 - Chapter 10

Nous sommes entrés dans la maison de Charles.	We went into Charles's house.
A l'intérieur, tout était luxueux, meublé avec goût, décoré en style moderne.	Inside, everything was luxurious, tastefully furnished, decorated in modern style.
Il devint vite évident qu'aucun de nous n'avait vraiment soif.	It soon became obvious that none of us was really thirsty.
Elle m'a pris la main et nous sommes montés dans sa chambre. Sylvia m'a donné un baiser et dit :	She took my hand and we went up to her room on the first floor. Sylvia gave me a kiss and said:
— Attends-moi, je me douche et je reviens tout de suite !	"Wait for me, I'm going to take a shower and I'll be right back!
Fais comme chez toi ! Quand elle est revenue, elle était complètement nue. Je m'approchai d'elle et commençai à lécher son corps encore humide. J'ai fait un travail très complet, je n'ai laissé aucun endroit intact.	Make yourself at home!" When she came back, she was completely naked. I approached her and began to lick her body, still wet. I did a very thorough job; I did not leave any place intact.
Lentement, je l'ai poussé vers	Slowly, I pushed her to the

le lit, où nous avons fait l'amour toute la nuit.

bed, where we made love all night long.

Aux petites heures du matin, mourants de fatigue, nous nous sommes embrassés encore et endormis.

In the early hours of the morning, dying of fatigue, we kissed again and fell asleep.

Le lendemain, je me suis levé assez tard, vers dix heures. J'avais mal à la tête, peut-être avais-je rêvé. Tout à coup, tout est revenu, la plage, le bus, le maillot de bain, Sylvia !

The next day, I got up quite late, around ten o'clock. I had a headache, maybe I had been dreaming. Suddenly, everything came back: the beach, the bus, the swimsuit, Sylvia!

Je me suis habillé rapidement, et je suis descendu à la cuisine.

I got dressed quickly, and went down to the kitchen.

Elle était là ! Tellement belle, une princesse dans la cuisine. Déjà habillée et maquillée comme si elle devait sortir.

She was there! So beautiful, a princess in the kitchen.

Already dressed and with make up as if she had to go out.

Je m'approchai d'elle et l'embrassai. Mon cœur battait plus fort, je n'avais pas rêvé, tout était arrivé !

I went up to her and kissed her. My heart beat faster, it had not been a dream, everything had happened!

— Bonjour Philippe, assieds-toi ! Comment aimes-tu les œufs le matin ? En omelette, brouillés, sur le plat ?

— Bonjour Sylvia ! En omelette c'est bien, merci ! En préparant l'omelette pour moi, elle a demandé :
— Maintenant, dis-moi, qu'est-ce que tu étudies ?
— Je suis mathématicien, je fais un doctorat en théorie des nombres.
Elle s'est moquée de moi :
— Je n'ai jamais entendu parler de ça, tu fais du calcul comme à l'école primaire en CE2.
J'ai essayé de lui expliquer :
— Non, c'est beaucoup plus compliqué que cela, par exemple on cherche...

Elle posa sa main sur ma bouche et dit sérieusement :
— Je déteste les maths, je n'y comprenais rien au lycée.

— Alors tu me détestes moi aussi ?

"Good morning Philippe, sit down! How do you like your eggs in the morning, omelet, scrambled, or sunny side up?"

" Good morning Sylvia! An omelet is fine, thank you!"
While preparing the omelet for me, she asked:
"Now, tell me, what are you studying?"
"I'm a mathematician; I'm doing a doctorate in number theory."
She laughed at me:
"I have never heard of that, you do calculus as in fourth grade."

I tried to explain to her:
"No, it's a lot more complicated than that, for example we're looking for..."

She put her hand on my mouth and said seriously:
"I hate Math, I did not understand anything in high school."
"So you hate me as well?"
I asked anxiously.

J'ai demandé anxieusement.
— Quel drôle de gars tu fais !
Un vrai enfant ! Sauf pendant la nuit.
Elle a répondu joyeusement avec un sourire effronté et a ajouté :
— Alors écoute-moi bien, Monsieur l'expert en théorie des nombres !
Je me fous de ce que tu fais ! Quand je t'ai vu à la station, seul, je suis tombée amoureuse de toi au premier regard.
Je t'ai menti, je connaissais le numéro du bus pour le centre du Carmel !

Tu vois! Moi aussi, je suis une experte en théorie des nombres.
Encore une chose, je n'avais pas besoin d'acheter un maillot de bain.
J'ai choisi le plus sexy comme prétexte pour te montrer mon corps !

J'étais complètement surpris, elle avait tout planifié, en fait,

"You are so funny! Just like a child, except at nights, of course!
She answered happily with a cheeky smile and added:

"So listen to me, Mr. the expert in number theory!

I don't care what you do! When I saw you at the station, alone, I fell in love with you at first sight.

I lied to you; I knew the number of the bus for the center of Carmel!

You see! Me too, I'm an expert in number theory.

One more thing, I did not need to buy a swimsuit.

I chose the sexiest one as an excuse to show you my body!"

I was completely surprised, she had planned everything.

c'est elle qui m'avait draguée.
J'ai demandé :
— Mais si je n'avais pas
sauté dans le bus ?
J'étais censé aller dans
l'autre sens.

Avec cette logique typique
aux jolies femmes, elle a
répondu :
— Je savais que tu viendrais,
j'ai vu le désir dans tes yeux !

Je ne me sentais pas à l'aise,
elle s'était moquée de moi !
J'ai dit amèrement :
— Et maintenant, tu es
satisfaite !
Elle m'a répondu :
— Pourquoi es-tu en colère,
tu ne comprends pas ce que
je t'ai déjà dit, je ne regrette
pas un instant.

J'ai eu le coup de foudre pour
toi !
Elle s'est penchée et m'a
embrassé longuement.

In fact, she was the one who
started it all with me. I asked:
"But what if I did not jump on
the bus?
I was supposed to go the
other way."

With logic typical to pretty
women, she replied:

"I knew you would come, I
saw the desire in your eyes!"

I did not feel comfortable; she
had made fun of me!
I said bitterly:
"And now, are you happy?"

She answered:
"Why are you angry, you do
not understand what I already
told you, I don't regret
anything.

I fell in love with you at first
sight!"
She leaned over and kissed
me for a few long minutes.

Chapitre 11 - Chapter 11

Soudain, un homme israélien, âgé d'environ 40 ans, bronzé, avec une queue de cheval, est entré dans la cuisine.

— Bonjour ! Dit-il en anglais.

— Bonjour ! J'ai répondu en hébreu
— Mon nom est Elie et je suis le partenaire de Charles, je suis peintre.

Peut-être que Sylvia vous a déjà dit tout ça.
Son anglais était très bon mais avec un fort accent israélien.

— Plus ou moins. J'ai répondu à nouveau en hébreu.
— Sylvia m'a dit que vous étudiez ici !
Il a continué en anglais.
Sylvia nous a interrompus :
— Désolé de vous déranger, mais je dois sortir maintenant.
Philippe, on se voit ce soir, je meurs d'envie de voir où tu habites, viens me chercher à 7h.
— Ok, monsieur l'officier. J'ai plaisanté.

Suddenly, an Israeli man, about 40 years old, tanned, with a ponytail, entered the kitchen.

"Good morning! He said in English.

" Good morning! I replied in Hebrew
"My name is Elijah and I am Charles's partner, I am a painter.

Maybe Sylvia has already told you all that.
His English was very good but with a strong Israeli accent.

"More or less." I answered again in Hebrew.

"Sylvia told me that you are studying here!"
He continued in English.
Sylvia interrupted us:
"Sorry to disturb you, but I have to go out now.

Philippe, see you tonight, I'm dying to see where you live, pick me up at 7pm."

"Yes sir!" I joked.

Nous nous sommes embrassés et elle est partie.
Le silence est tombé sur l'appartement.
Elie a pris un journal et a commencé à lire un article, j'ai bu mon café lentement.

Soudain, il m'a demandé en hébreu :
— Vous faites un doctorat en mathématiques au Technion, n'est-ce pas ?
Je n'ai jamais aimé ce domaine. Au lycée, je n'y comprenais rien !

(Et voilà, encore une fois, la même histoire, Dieu Tout-Puissant, pourquoi tout le monde dit la même chose, je ne leur ai pas demandé s'ils aimaient l'histoire ou la littérature !)
— Attendez, qui vous a dit que je faisais des maths?

Elie a ri et m'a répondu :
— Pardonnez-nous, mais nous savons beaucoup de choses à votre sujet.
Quand Sylvia et vous dormiez, Charles a voulu savoir qui vous étiez.
Vous voyez, il se sent responsable, Sylvia est sa

We kissed and she left.

Silence fell on the apartment.

Elijah took a newspaper and started reading an article, I drank my coffee slowly.

Suddenly, he asked me in Hebrew:
"You are doing a doctorate in Mathematics at the Technicon, aren't you?
I never liked this area. In high school, I did not understand anything!

(And here, again, the same story, God Almighty, why does everyone says the same thing? I did not ask them if they liked history or literature!)

"Wait a second, who told you that I was doing Math?"

Elijah laughed and replied:
"Forgive us, but we know a lot about you."

"When Sylvia and you were sleeping, Charles wanted to know who you were.
You see, he feels responsible - Sylvia is his niece.

nièce.
Nous avons regardé dans votre sac, trouvé votre carte d'étudiant avec le numéro de téléphone.
Charles a appelé et a parlé à un gars sympa,
il s'appelle Michel, n'est-ce pas ?
Michel nous a tout expliqué :

Vous êtes étudiant, vous avez immigré en Israël il y a un an, vous êtes doctorant, vous travaillez en tant qu'assistant, vous avez de la famille dans le voisinage qui est religieuse.
En fait, bravo, vous êtes un gars doué.

Philippe, maintenant, sérieusement, vous devez bien m'écouter !
Sylvia m'a dit qu'elle a eu le coup de foudre pour vous.
Mais il y a un énorme fossé entre vous, vous n'appartenez pas au même monde.
Rien de bon ne sortira de cette relation mais seulement de la douleur, de la souffrance et des larmes.
— Elie, pourquoi me dites-vous une chose si terrible,

We looked in your bag, found your student card with the phone number.

Charles called and talked to a nice guy, his name is Michel, isn't it?

Michel explained everything to us:
You are a student, you immigrated to Israel a year ago, you are a doctoral student, you work as an assistant, and you have relatives, who are religious, in the neighborhood.
In fact, congratulations, you are a talented guy.

Philippe, now, seriously, you must listen to me well!

Sylvia told me that she fell in love with you.
But there is a huge gap between you; you do not belong to the same world.

Nothing good will come out of this relationship but only pain, suffering and tears."

"Elijah, why are you telling me something so terrible?

vous m'enviez, vous êtes amoureux d'elle.
— Ne soyez pas stupide! Je suis gay et j'aime Charles.
Aujourd'hui, on est dimanche, savez-vous où est Sylvia maintenant ?
Elle participe à une messe catholique à l'église du Carmel.
Peut-être qu'en confession, elle raconte au prêtre tous les détails de votre nuit de folie.

Les histoires d'amour d'été se terminent en automne.
En attendant, faites la fête, promenez-vous en Israël, faites l'amour autant que vous voulez.

Mais je suis prêt à parier que vous ne serez plus ensemble dans six mois.

Dans le ciel, un nuage noir est passé devant le soleil.

(La perdre pour toujours, cette pensée m'était insupportable !)
J'ai fait la grimace
Élie, je n'ai pas du tout aimé vos prophéties !

You're jealous. You must be in love with her.
"Don't be stupid I am gay and I love Charles.
Today is Sunday; do you know where Sylvia is now?

She participates in a Catholic Mass at the Carmel Church.
Perhaps in confession, she will tell the priest all the details of your night of madness.

Summer love stories end in autumn.
In the meantime, have fun, visit Israel, and make love as much as you want.

But I'm willing to bet you will not be together in six months."

In the sky, a black cloud has passed in front of the sun.

(To lose her forever, this thought was unbearable!)
I made a face
Elijah; I did not love your prophecies at all!

Chapitre 12 - Chapter 12

Nous étions en juillet 80, en Israël, à Haïfa, le soleil brillait et une fille magnifique m'attendait le soir.

Que demander de plus?

Dans le bus, je me suis senti étrange et seul. Soudain, j'ai compris pourquoi.

Sylvia me manquait.
Son sourire, sa voix, son corps me manquaient.
Où elle était-elle, que faisait-elle maintenant.
Toutes mes pensées étaient dirigées vers elle.

Comment vivre sans elle.
Pas de doute, pour la première fois, j'étais amoureux !
Quand je suis arrivé au Technion, je suis allé voir mon colocataire Michel.
Il m'a reçu avec le sourire :
— Alors j'ai entendu que quelque chose t'était enfin arrivé !
— Oui, merci, je ne savais pas que tu avais un avenir dans les potins.
— Je n'ai rien fait de mal, un homme très gentil m'a dit que

We were in Haifa, Israel. It was July 1980, the sun was shining, and a beautiful girl was waiting for me tonight.

What more can you ask for?

On the bus, I felt strange and alone. Suddenly, I understood why.

I missed Sylvia.
I missed her smile, her voice, her body.
Where was she, what was she doing now?
All my thoughts were directed towards her.

How to live without her.
No doubt, for the first time, I was in love!

When I arrived at the Technion, I went to see my roommate Michel.
He received me with a smile:
"So, I heard that something had finally happened to you!"

"Yes, thank you, I did not know you had a future in the gossip business."
"I did not do anything wrong, a very kind man told me that

tu avais couché avec sa nièce.
Il voulait savoir qui tu étais et qu'est-ce que tu fais c'est tout !
Maintenant, dis-moi, comment elle est ?
— Tu la verras ce soir !
On se retrouve tous dans un restaurant chinois au Carmel Center à 8 heures.
— Excellent, j'adore la cuisine chinoise.

Le soir, un taxi s'est arrêté devant le restaurant, et Sylvia et moi, en sommes descendus.

Elle portait une courte robe noire avec un foulard rouge autour du cou.
Elle était d'une beauté incroyable !
Pour la première fois je me suis senti fier, j'avais battu Michel dans son sport favori : la séduction des filles.

Pendant le repas, nous avons parlé de toutes sortes de sujets.
Michel et Sylvia s'entendirent à merveille. Ils parlèrent tout le temps de musique classique.

you had slept with his niece.

He wanted to know who you are and what you are doing, that's all!
Now, tell me, how is she?"

"You'll see her tonight!
We'll all go to a Chinese restaurant at the Carmel Center at 8 o'clock."
"Excellent, I love Chinese cuisine"

In the evening, a taxi stopped in front of the restaurant, and Sylvia and I got down.

She was wearing a short black dress with a red scarf around her neck.
She was incredibly beautiful!

For the first time I felt proud, I beat Michel at his favorite sport:
the seduction of girls.

During the meal, we talked about all kinds of topics.

Michel and Sylvia got along very well. They talked all the time about classical music.

J'étais jaloux de lui.
Soudain, je sentis la main de Sylvia sur mon genou.
Lentement, lentement, sa main se rapprocha de mon entrejambe.
Calmement, j'ai continué à parler de la beauté de la cascade de Banyas, tandis que la main de Sylvia caressait mon sexe.

Heureusement, le serveur arriva avec l'addition.
Nous avons payé et sommes retournés à l'appartement.

Lucy et Michel voulaient aller boire un verre, mais j'ai refusé car j'enseignais le lendemain.
Ils sont partis et nous sommes restés seuls dans l'appartement.

Quand Sylvia a vu tout le désordre dans ma chambre, les papiers, les livres sur le sol,
elle éclata de rire.
— Mais comment peux-tu travailler dans un endroit pareil !
— Je ne travaille pas vraiment ici, j'ai un bureau à la faculté.

I was jealous of him.
Suddenly, I felt Sylvia's hand on my knee.
Slowly, slowly, her hand moved closer to my crotch.

Calmly, I continued to talk about the beauty of the Banyas waterfall while Sylvia's hand caressed my cock.

Fortunately, the waiter arrived with the bill.
We paid and returned to the apartment.

Lucy and Michel wanted to go out for a drink, but I refused because I was teaching the next day.
They left and we stayed alone in the apartment.

When Sylvia saw all the mess in my room, the papers, the books on the floor,
she burst out laughing.

"But how can you work in a place like this!"

"I do not really work here; I have an office at the faculty, but I have the feeling that we

Il me semble qu'on s'est arrêté au milieu de quelque chose et je l'ai poussé vers le lit.

Plus tard, dans le noir, je lui ai posé la question qui me torturait depuis le matin.

— Que penses-tu de Michel ?

— Tu es jaloux de lui, non ? dit Sylvia.

— J'ai une raison pour ça ?

— Non, mon amour, tu dois comprendre un point très important! Je t'aime !

— Mais pourquoi? Regarde Michel, comme il est beau, sportif, plein de confiance en lui, il est riche comme toi, musicien comme toi, chrétien comme toi.

Exprès, je jouais le rôle d'avocat du diable.

— Je t'ai aimé dès que je t'ai vu à la station, combien de fois je dois te le dire !

Des gars comme Michel, j'en ai rencontré plein.

Tu dois comprendre quelque chose! Tu es le premier que j'ai connu qui...

— Le premier, qu'est-ce que

stopped in the middle of something and I pushed her towards the bed."

Later, in the dark, I asked her the question that had been torturing me since the morning.

"What do you think of Michel?"

"You are jealous of him, aren't you?" Sylvia said.

"Do I have a reason for that?"

"No, my love, but you must understand a very important point! I love you!"

"Why? Look at Michel, how handsome he is, athletic, full of self-confidence, he is as rich as you, a musician like you, a Christian like you."

On purpose, I played the role of devil's advocate.

"I loved you as soon as I saw you at the station, how many times do I have to tell you this!

Guys like Michel; I've met lots of them.

You must understand something! You're the first one I knew who ..."

"The first, what do you mean,

tu veux dire, tu as dit que tu avais connu.
Elle posa sa main sur ma bouche.

— Peut-être que tu es un génie en maths, mais à part ça !
Tu ne comprends rien.

Avec toi, je me sens une femme, c'est plus clair pour toi maintenant !
J'ai rougi et je me suis tu !

Plus tard, nous nous sommes endormis, mon bras sous son cou.

Mais, au milieu de la nuit, je me suis réveillé en sueur, Sylvia à côté de moi, respirait lentement.

Mon Dieu! Je suis amoureux d'une fille non juive !

Que vais-je faire maintenant ?

you said you knew already..."

She put her hand on my mouth.

"Maybe you're a genius in Math, but other than that!

You don't understand anything!
With you, I feel like a woman, it's clearer for you now?"

I blushed and said nothing.

Later, we fell asleep, my arm under her neck.

But in the middle of the night, I woke up sweaty, Sylvia next to me, breathing slowly.

My God! I'm in love with a non-Jewish girl!

What am I going to do now?

Chapitre 13 - Chapter 13

Le lendemain, je me suis levé tôt, Sylvia m'a fait un merveilleux petit déjeuner.

The next day, I got up early; Sylvia made me a wonderful breakfast and I went to work.

À midi, je suis allé chercher Michel et on est allé manger ensemble au restaurant des professeurs comme d'habitude.

At noon, I went to get Michel and we went to eat together at the professors' restaurant as usual.

Quand je lui ai donné un plateau, je lui ai demandé avec des tremblements dans la voix :

When I gave him a tray, I asked him with tremors in my voice:

— Alors, que penses-tu de Sylvia ?

"So what do you think of Sylvia?"

Il n'a pas répondu immédiatement, seulement quand nous nous sommes assis dans un coin de la salle, il a dit :

He did not respond immediately, only when we sat in a corner of the room, he said:

— Que veux-tu savoir ?

"What do you want to know?

— Tu sais exactement à quoi je pense. J'ai répondu avec colère.

"You know exactly what I mean." I responded angrily.

— Si tu veux savoir si elle est canon ?

"If you want to know if she's sexy?

La réponse est oui !

The answer is yes!

Si elle est charmante ?

If she is charming?

La réponse est aussi oui !

The answer is also yes!

Si elle est sophistiquée ?

If she is sophisticated?

La réponse est oui !

The answer is yes!

Si je veux coucher avec elle ?

If I want to sleep with her?

La réponse est non !

The answer is no!"

J'étais très excité.

I was very excited.

— Puis-je demander pourquoi ?

Michel fit une pause pendant une minute et dit :

-Je ne te raconterai pas des histoires comme ça parce que tu es mon ami ou d'autres conneries.

Non, je ne suis pas attiré par elle.

Des filles comme elle, j'en ai connu beaucoup en France.

Peut-être pas aussi belle, mais ce n'est pas grave, nous appartenons au même monde, nos parents font partie de la bourgeoisie catholique française.

Nous avons reçu la même éducation, nous sommes allés dans les mêmes endroits.

Je me sens comme son frère.

Je ne savais pas quoi penser, peut-être que simplement, il me mentait, peut-être qu'il était sincère.

J'étais plein de sentiments mitigés et confus.

Michel poursuivit :
— Mais, fais attention parce qu'elle t'aime vraiment, ce

"May I ask why?"

Michel paused for a minute and said:
"I will not tell you stories just because you're my friend or some other bullshit.

No, I'm not attracted to her.

Girls like her, I had many in France.

Maybe not so beautiful, but it does not matter, we belong to the same world, our parents are part of the French Catholic bourgeoisie.

We received the same education; we went to the same places.

I feel like her brother."

I did not know what to think, maybe he was just lying to me, and maybe he was sincere.

I was full of mixed feelings and confused...

Michel continued:
"But be careful because she really loves you, it's not a

n'est pas une blague, j'ai vu son regard vers toi, hier, je lui ai parlé ce matin.

Tu as de la chance! Ne la déçois pas. Est-ce que tu l'aimes ?

— Je pense que oui.

— Ouah! Donc tout va bien !

Il a dit innocemment.

(Michel, tu ne pouvais pas imaginer toutes les complications qui nous attendaient, Sylvia et moi.)

— Philippe, tu m'entends ?

Michel m'a sorti de mes pensées profondes.

— Tu as entendu ce que je t'ai dit.

— Non, désolé.

— J'ai parlé ce matin avec Sylvia,

elle a eu une idée brillante, elle a proposé que nous fassions un voyage ensemble, elle veut aller à Jérusalem, à la Mer Morte, etc.

Qu'en penses-tu ?

Soudain, j'ai pensé à ce qui se passerait si nous rencontrions mon oncle ou ses fils.

Qu'allais-je leur dire ?

— Je ne sais pas, j'ai besoin

joke, I saw her eyes on you yesterday. I spoke to her this morning.

You are lucky! Don't disappoint her. Do you love her?"

"Yes, I think so."

"Wow! So, it's all right!"

He said innocently.

(Michel, you could not imagine all the complications that awaited us, Sylvia and me.)

"Philippe, do you hear me?"

Michel pulled me out of my deep thoughts.

"You heard what I told you."

"No, sorry!"

"I spoke with Sylvia this morning.

She had a brilliant idea.

She proposed that we travel together; she wants to go to Jerusalem, to the Dead Sea, etc.

What do you think?"

Suddenly, I wondered about what could happen if we met my uncle or his sons.

What was I going to tell them?

"I do not know! I need to find

de trouver un remplaçant pour mes cours.

Quand voulez-vous partir ?
— Après-demain ! Ce serait super, j'ai déjà parlé à Lucy, elle n'a aucun problème.

Sylvia a toujours su organiser les choses, une fille forte et déterminée, pleine de confiance en elle.
— Très bien, je vais me débrouiller.
J'ai répondu enfin.

— J'ai appelé un autre assistant et il a accepté de me remplacer.
Même mon professeur ne m'a pas fait de problèmes, au contraire, il a trouvé l'idée géniale.
Quant à ma recherche, il n'en n'a pas dit un seul mot.

Comme prévu, le soir j'ai rencontré Sylvia.
Elle se tenait à l'arrêt de bus et m'attendait.

De loin, je l'ai observé et j'ai vu ce que tout le monde voyait.
Une femme consciente de sa beauté.

a replacement for my classes.

When do you want to leave?"
"The day after tomorrow! That would be great, I already talked to Lucy, and she has no problem."
Sylvia always knew how to organize things, a strong, determined girl and full of self-confidence.
"All right, I'll manage to find someone."
I answered finally.

I called another assistant and he agreed to replace me.

Even my professor did not give me any trouble; on the contrary, he found the idea great.
As for my research, he did not say a single word.

As expected, in the evening I met Sylvia.
She was standing at the bus stop and was waiting for me.

From the distance, I watched her and saw what everyone was seeing.
A woman aware of her beauty.

J'ai compris pourquoi quand nous entrions dans un restaurant, tout le monde la regardait
Je me sentais fier, elle était ma couronne, mon diamant !

Nous avons passé la nuit dans la villa de son oncle.
Nous avons fait l'amour plusieurs fois, parfois doucement, parfois follement, parfois en silence, parfois en criant.
Pendant une pause, Sylvia a voulu savoir :
— Combien de femmes tu as eu ?
— Pourquoi tu demandes ?
— Juste par curiosité, parce que dans la vie tu es timide, mais au lit...
J'ai rougi et j'ai répondu :
— moins que tu ne le penses.
— Eh bien, monsieur le professeur de maths, donne-moi juste un nombre ?
— Je suis désolé mais la réponse nécessite de résoudre une équation différentielle linéaire du troisième ordre, je lui ai répondu en riant.
— Toi, et tes maths !
Elle a pris l'oreiller et l'a jeté sur moi.

I understood why when we entered a restaurant, everyone was looking at her.

I felt proud; she was my crown, my diamond!

We spent the night in her uncle's villa.
We made love several times, sometimes gently, sometimes wildly, sometimes in silence, sometimes in shouting.

During a break, Sylvia wanted to know:
"How many women have you had?"
"Why are you asking?"
"Just out of curiosity, because in life you're shy, but in bed..."
I blushed and I replied:
"Less than you think."
"Well, Mr. Professor, just give me a number?

"I'm sorry but the answer requires solving a linear differential equation of the third order, I replied laughingly.

"You and your Math!"
She took the pillow and threw it on me.

— Fous le camp d'ici !
— A mon tour maintenant, combien d'hommes as-tu connu ?
— Beaucoup plus que tu ne le penses ! Sylvia a répondu avec un sourire.
Sans réfléchir, j'ai ajouté :
— Je parle d'une relation sérieuse, pas comme nous.
Je plaisantais, mais pour Sylvia, il y avait des choses dont on ne devait pas rire.
Soudain, son visage pâlit et elle me gifla de toutes ses forces.
— Ne plaisante pas avec notre amour, cria-t-elle hystériquement.

J'ai immédiatement compris mon erreur.
— Désolé, désolé mon amour.
Je l'ai suppliée de me pardonner.
Je l'ai étreinte, embrassée encore et encore.
Nous nous réconciliâmes au lit, mais j'avais appris la leçon.
Sylvia et moi vivions quelque chose de beaucoup plus sérieux que juste un amour d'été !

"Get out of here!"
"My turn now, how many men have you known?

"Many more than you think! Sylvia replied with a smile.

Without thinking, I added:
"I'm talking about a serious relationship, not like us.
I was joking, but for Sylvia, there were things we should not laugh at.
Suddenly, her face turned pale and she slapped me with all her strength.
"Don't mess with our love!" she cried hysterically.

I immediately understood my mistake.
"Sorry, sorry my love."

I begged her to forgive me.

I hugged her, kissed her again and again.
We reconciled in bed, but I had learned the lesson.

Sylvia and I were living something much more serious than just a summer romance!

Chapitre 14 - Chapter 14

Nous avons passé de très bonnes vacances.	We had a great holiday.
Nous sommes allés avec la voiture de Michel à Jérusalem.	We went to Jerusalem in Michel's car.
Là, nous avons trouvé un hôtel, rue Yafo, près de la poste principale.	There we found a hotel on Yaffo Street, near the main post office.
Pendant quelques jours, nous avons visité la vieille ville comme tous les touristes.	For a few days, we visited the old town like all tourists.
La division du travail était simple : pour tout ce qui concernait la religion chrétienne, Michel et Sylvia étaient nos mentors.	The division of labor was simple: for everything that concerned the Christian religion, Michel and Sylvia were our mentors.
Quant au judaïsme, je suis devenu le guide de notre groupe.	As for Judaism, I became the guide of our group.
Ainsi nous n'avons rien raté. En ce qui concerne la religion musulmane, nous avons visité les mosquées du Mont du Temple sans oublier de marchander au marché une robe orientale brodée ou une darbouka.	So we did not miss anything. Regarding the Muslim religion, we visited the mosques of the Temple Mount without forgetting to bargain at the market for an embroidered oriental dress or a darbuka.
Nous avons visité le quartier chrétien, les lieux saints comme l'église du Saint-Sépulcre, un site que les traditions chrétiennes	We visited the Christian quarter, the holy places such as the Church of the Holy Sepulcher, a site that Christian traditions consider

considèrent comme le site de la crucifixion, de l'enterrement et de la résurrection de Jésus.

J'avais déjà été plusieurs fois avant à Jérusalem, mais je n'étais jamais allé dans le quartier chrétien.

Au moins là, il n'y avait aucune chance de rencontrer quelqu'un de ma famille.

Comme j'ai eu peur lorsque nous sommes allés au Mur, mon oncle avait l'habitude d'y aller plusieurs fois par semaine.

Heureusement, Lucy n'était pas du tout religieuse, alors nous ne sommes pas restés longtemps

En bref, nous avons visité toutes les ruelles de la vieille ville de Jérusalem.

Sylvia était très enthousiaste à propos de Jérusalem, pour elle c'était un rêve devenu réalité.

Malheureusement, je sentais combien la foi chrétienne était importante pour elle.

Ce fait m'a encore plus stressé quand j'ai pensé à notre avenir.

as the site of the crucifixion, the burial and the resurrection of Jesus.

I had been to Jerusalem several times before, but I had never been to the Christian district.

At least there, there was no chance to meet someone from my family.

How scared I was when we went to the Western Wall! (My uncle used to go there several times a week.)

Fortunately, Lucy was not religious at all, so we did not stay long.

In short; we visited all the alleys of the old city of Jerusalem.

Sylvia was very enthusiastic about Jerusalem, for her it was a dream come true.

Unfortunately, I felt how important the Christian faith was for her.

This made me even more anxious when I thought about our future.

Ensuite, nous avons également visité Jérusalem Ouest, un endroit que je connaissais bien.

Nous sommes allés au Musée d'Israël, à la Knesset, au Mont Herzl, au Moulin de Montefiore, aux fenêtres de Chagall, à Hadassah et à Yad Vashem.
Là, je pensais que Michel pourrait se sentir impliqué à cause de toute la famille de sa mère qui avait péri dans l'Holocauste.

Mais il est resté indifférent et n'a montré aucun signe d'émotion.
Je suis arrivé à la conclusion que sa mère, comme beaucoup de survivants de l'Holocauste, n'a pas voulu lui parler de l'enfer qu'elle avait vécu.
Au contraire, Sylvia et Lucy ont quitté les lieux en larmes.
Cette nuit-là, Sylvia s'est réveillée, apeurée, m'a étreint et m'a dit :

— Mon amour, quand nous aurons un fils, je ne suis pas d'accord pour qu'il soit circoncis.

Then we also visited West Jerusalem, a place I knew very well.

We went to the Israel Museum, Knesset, Mount Herzl, Montefiore Mill, Chagall Windows, Hadassah and Yad Vashem (Holocaust museum).
I thought Michel might feel involved there because of the whole family of his mother who had perished in the Holocaust.

But he remained indifferent and showed no sign of emotion.
I came to the conclusion that her mother, like many Holocaust survivors, had not wanted to tell him about the hell she had lived through.

On the contrary, Sylvia and Lucy left the place in tears. That night, Sylvia woke up, frightened, hugged me and said:

"My love, when we have a son, I do not agree that he should be circumcised."

J'étais sous le choc et j'ai imaginé la réaction de mes parents.

J'ai demandé la raison d'une telle décision.

Elle a répondu :

— Regarde combien les Juifs ont souffert.

Je lui ai expliqué que l'Etat d'Israël avait été créé pour que de telles choses ne se reproduisent plus jamais, mais cela n'a servi à rien, elle a insisté :

— S'il te plaît mon amour, promets-moi qu'on ne le fera pas ?

J'ai hésité et à la fin, j'ai promis !

Elle a pris ma main, l'a pressée très fort et s'est endormie calmée.

Je n'ai pas dormi jusqu'au matin, tout le temps j'ai vu le visage de mon père en larmes.

Mon Dieu !

Qu'est-ce que je t'ai fait ?

Pourquoi ces tortures ?

I was shocked and imagined the reaction of my parents.

I asked the reason for such a decision.

She answered:

"Look how much the Jews have suffered."

I explained to her that the State of Israel was created so that such things never happen again, but that did not help, she insisted:

"Please my love; promise me we won't do it!"

I hesitated and at the end I promised!

She took my hand, pressed it very hard and fell asleep calmed.

I did not sleep until morning, all the time I saw my father's face in tears.

My God!

What have I done to you?

Why all these tortures?

Chapitre 15 - Chapter 15

Après Jérusalem nous sommes descendus à la Mer Morte.

After Jerusalem we went down to the Dead Sea.

Nous nous sommes arrêtés à Ein Gedi, avons visité le kibboutz, et avons marché dans la réserve naturelle jusqu'à la cascade.

We stopped at Ein Gedi, visited the kibbutz, and walked to the waterfall in the nature reserve.

Ensuite, nous sommes allés à Masada, où, le matin, nous avons pris le chemin du serpent, et avons grimpé la montagne pour regarder le lever de soleil.

Then we went to Masada, where we took the path of the snake in the morning, and climbed the mountain to watch the sunrise.

Ce voyage, je l'avais déjà fait plusieurs fois avec mes cousins.

I had already made this trip several times with my cousins.

J'ai raconté au groupe l'histoire de ce site : la révolte contre les Romains, et comment les rebelles et leur chef, Elazar Ben Yair, ont choisi de se suicider et de ne pas finir leur vie comme des esclaves.

I told the group the story of this site: the revolt against the Romans, and how the rebels and their leader, Elazar Ben Yair, chose to commit suicide rather to end their lives as slaves.

Le lendemain, nous avons continué notre route vers les plages de la mer Morte.

The next day we continued our journey to the Dead Sea beaches.

Nous nous sommes bien amusés, à nager dans l'eau salée.

We had fun swimming in the salt water.

Les vacances étaient finies,

But the holidays were over,

nous avons pris le chemin du retour.

so we headed back.

Dimanche, j'étais à mon bureau au Technion à travailler sur mes recherches.

Sunday, I was at my Technion office working on my research.

À la fin du mois de juillet, Sylvia devait retourner en France et voyager en Grèce avec ses amis.
Mais une semaine avant la date, au petit déjeuner, elle m'a embrassé et m'a dit :
— J'ai une nouvelle pour toi, j'ai annulé le voyage en Grèce.
Je reste avec toi jusqu'à la fin du mois d'août.
Tu es heureux ?
(Mon cœur battait plus vite, rester encore avec elle, quelle chance !)

At the end of July, Sylvia had to return to France and travel to Greece with her friends.

But a week before the date, at breakfast, she kissed me and said:
"I have news for you; I canceled the trip to Greece.

I'll stay with you until the end of August.
Are you happy?"
(My heart beat faster, stay with her again, what luck!)

— Es-tu sûr de ne pas regretter d'avoir annulé ta visite en Grèce ?
Lui ai-je répondu avec précaution.
— Peu importe mon amour, nous irons ensemble une autre fois.

"Are you sure you will not regret having canceled your visit to Greece?"
I replied carefully.

"It doesn't matter my love, we'll go together some day.

J'étais très heureux mais je suis allé travailler avec un mal de tête :

I was very happy but went to work with a headache:

Comment se débrouiller avec la famille de ma cousine Rivka. Ils seront de retour début d'août !

Juillet s'est terminé, août est arrivé.
Maintenant, Sylvia vivait avec moi tout le temps.
Michel ne s'y est pas opposé, au contraire, parce que Sylvia, «femme de valeur», s'occupait de tout, y compris de ses affaires.

Shopping au supermarché, nettoyage, cuisine, blanchisserie, elle est devenue la "Blanche-Neige" de notre appartement.
Bien sûr, je ne lui ai jamais demandé de le faire.
Mais elle était une femme très active et ne supportait pas de ne rien faire.

De temps à autre, elle rendait visite à son oncle dans sa luxueuse villa du mont Carmel, pour profiter de la piscine et discuter avec lui.
Dans ces cas-là, je les rejoignais après mon travail et nous restions dans la villa pour la nuit.

How to cope with my cousin Rivka's family.
They will be back in early August!

July was over, August arrived.
Now, Sylvia lived with me all the time.
Michel did not object, on the contrary, because Sylvia, a "valuable woman", took care of everything, including his stuff.

Shopping at the supermarket, cleaning, cooking, laundry, she became the "Snow White" of our apartment.

Of course, I never asked her to do it.
But she was a very active woman and could not stand doing nothing.

From time to time she visited her uncle in his luxurious Mount Carmel villa to enjoy the pool and chat with him.

In these occasions, I joined them after my work and we stayed in the villa for the night.

Je ne parle pas de mes recherches, j'avais arrêté de travailler dessus tout le mois.

(De toute façon, mon professeur était également en vacances).

Non! Je parle des cours que j'enseignais à un petit nombre d'étudiants qui étudiaient le semestre d'été.

When I speak about work, I'm not talking about my research; I stopped working on it all month long.
(Anyway, my professor was also on vacation).

No! I am talking about courses that I taught to a small number of students who were studying during the summer semester.

Chapitre 16 - Chapter 16

Avec Sylvia, nous avons passé un mois superbe ensemble, nous avons beaucoup visité :
À Haïfa, nous avons visité le Carmel, la colonie allemande, les jardins bahaïs et le village druze de Tirat Hacarmel, etc.

Tous les week-ends nous partions en visite avec Michel et sa copine actuelle,
(Lucy nous avait quittés après le voyage à Jérusalem sans explication et sans dire au revoir).
J'étais habitué, donc je n'ai pas été particulièrement surpris, mais Sylvia m'a dit:
— Je parie qu'il l'a jetée !

Une semaine plus tard, Michel nous a présenté une autre fille qui étudiait la littérature à l'Université de Haïfa.
Nous sommes allés dans les endroits touristiques.
Nous n'avons raté aucun site ou lieu : nous avons visité les tunnels de Rosh Hanikra, les murailles d'Acre, l'amphithéâtre romain de Césarée.

Sylvia and I spent a wonderful month together. We visited many places:

In Haifa, we visited Carmel, the German colony, the Baha'i gardens and the Druze village of Tirat Hacarmel.

Every weekend we stopped by to visit with Michel and his current girlfriend;
(Lucy had left us after the trip to Jerusalem without explanation and without saying goodbye).
I was used to it, so I was not particularly surprised, but Sylvia told me:
"I bet he dumped her!"

A week later, Michel introduced us to another girl who was studying literature at Haifa University.

We went to all the tourist places.
We did not miss any site or place: we visited the tunnels of Rosh Hanikra, the walls of Acre, the Roman amphitheater of Caesarea.

Sylvia et moi, nous avons passé de bons moments.
Nous ne nous querellions jamais, même quand j'ai dû résoudre le problème de Rivka.
Comme vous le savez, j'allais chez elle tous les vendredis soir avec une bouteille de vin pour le Kiddouch.

Mais maintenant, la situation avait changé, je n'étais plus seul !
Que faire, que dire, ne pas dire, y aller avec Sylvia, sans elle, ne pas y aller.

Rivka était comme la grande sœur que je n'avais jamais eue.
Je savais que je ne pouvais pas lui mentir.
Alors un jour, j'ai réussi à lui parler seul.

Je lui ai raconté toute l'histoire, de la plage de Bat Galim jusqu'à Blanche-Neige à la maison, sans lui cacher la religion de Sylvia.

Elle m'a écouté sans interruption.
Quand j'ai eu fini, elle n'a posé qu'une seule question :

Sylvia and I had a good time.

We never quarreled, even when I had to solve Rivka's problem.

As you know, I went to her house every Friday night with a bottle of wine for Kiddush.

But now the situation had changed, I was no longer alone!
What to do, what to say, do not say, go with Sylvia, without her, not go at all.

Rivka was like the big sister I had never had.

I knew I could not lie to her.

So one day, I managed to talk to her alone.

I told her the whole story, from Bat Galim Beach to Snow White at home, without hiding Sylvia's religion.

She listened to me without interruption.
When I finished, she asked only one question:

— Est-ce un véritable amour ?
— Je pense. J'ai répondu immédiatement.
— Alors, mon âme, tu as un sérieux problème.

Elle a commencé à pleurer et m'a chuchoté en larmes :

— Que veux-tu de moi ?
Je ne peux pas la recevoir avec toi.

Les enfants, mon mari, ils ne comprendraient pas, je suis désolé, je ne peux pas !

— Ca va, dis-je. Peu importe, arrête de pleurer, s'il te plait.

Quelques minutes passèrent dans un silence lourd et tendu.

— Je vous aime, j'ai dit d'une voix émue.
Je viendrai seul, comme d'habitude le vendredi.

Elle m'a étreint :
— Je ne dirai rien à tes parents
Peut-être que ça va passer.
(Elle me parlait comme si j'étais malade.)

"Is it true love?"

"I think so." I answered immediately.
"So, my soul, you have a serious problem."

She started crying and whispered to me in tears:

"What do you want from me? I cannot host her with you.

The children, my husband, they would not understand, I'm sorry, I cannot!"

"That's fine!" I said.
"Never mind, stop crying, please."
A few minutes passed in a heavy and tense silence.

"I love you." I said in a voice full of emotion.
I will come alone, as usual on Fridays.

She hugged me:
"I will not say anything to your parents, maybe it will pass."

(She spoke to me as if I were sick.)

— Merci beaucoup, rendez-vous vendredi soir comme avant.

"Thank you very much. See you on Friday night as before!"

— Quand repart-elle en France ?
— En septembre.
— Et toi, que feras-tu alors ?

"When is she returning to France?"
"In September!"
"And you, what will you do then?"

— Je ne sais pas, de toute façon, je dois finir mon doctorat.

"I do not know, anyway, I have to finish my PhD."

Elle a arrêté de pleurer.
— Maintenant, va-t'en, je suppose qu'elle t'attend.

She stopped crying.
"Now, go away, I suppose she's waiting for you."

Je suis parti, dévasté, je m'attendais à une réaction de Rivka mais pas si extrême !

I left, devastated, I was expecting a reaction from Rivka but not so extreme!

La nuit, dans le lit, après avoir fait l'amour, j'ai dit à Sylvia :
— Mon amour, nous avons un problème, je t'ai dit que toute ma famille était de retour de vacances.
Je dois leur rendre visite chaque vendredi soir, sinon mes parents seront inquiets.
Mais ils sont ultra-orthodoxes, il est impossible de leur présenter une copine.
— Ultra-orthodoxes, comme les hommes en noir que nous

At night, in bed, after making love, I said to Sylvia:

"My love, we have a problem, I told you that my whole family was back from vacation.
I have to visit them every Friday night; otherwise my parents will be worried.
But they are ultra-orthodox. It is impossible for me to come with a girlfriend."
"Ultra-Orthodox, like the men in black we saw in

avons vus à Jérusalem.
— Presque ! Je lui ai menti.
— Alors je vais aller les voir le vendredi et revenir avant minuit.

Si cela te dérange, tu peux aller chez ton oncle ou rester avec Michel.
— Non, je préfère t'attendre ici.

— Merci beaucoup, mon amour, je t'aime !

Je l'ai étreinte et nous avons recommencé à faire l'amour.

C'est ainsi que j'ai résolu le problème du Shabbat avec ma famille.

Dommage que dans la vie, il y ait aussi des jours de semaine.

Jerusalem."
"Almost!" I lied to her.
"Then I'll go see them on Friday and come back before midnight.

If it bothers you, you can go to your uncle or stay with Michel."
"No, I'd rather wait for you here."

"Thank you very much my love, I love you!"

I hugged her and we started making love again.

That's how I solved the Shabbat problem with my family.

Too bad that in life, there are also other days in the week.

Chapitre 17 - Chapter 17

En 1980, la saison des fêtes a commencé assez tôt.

Rosh Hashanah tombait début septembre.
J'avais promis à mes parents de retourner en France pour passer les fêtes avec eux.
Chaque année, à Yom Kippour, j'allais à la synagogue de bon matin avec mon père et je restais avec lui jusqu'à la fin du jeûne.

Je devais passer trois semaines à Paris et retourner en Israël.
Par coïncidence, le début de l'année scolaire au Technion et le début de l'année scolaire de l'université de Sylvia étaient tous les deux, début d'octobre.

Nous avons donc décidé de prendre un vol pour la France, ensemble, la semaine de Rosh Hashana.
Michel avait d'autres plans.
Comme moi, il lui restait deux années pour terminer son doctorat.
Mais il devait les continuer en France, à Paris.

In 1980 the holiday season started early.

Rosh Hashanah fell in early September.
I had promised my parents to return to France to spend the holidays with them.
Every year, on Yom Kippur, I went to the synagogue early in the morning with my father and stayed with him until the end of the fast.

I had to spend three weeks in Paris and return to Israel.
Coincidentally, the start of the school year at the Technion and the start of the school year at Sylvia's University were both in early October.

So we decided to take a flight to France, together, the week of Rosh Hashana.

Michel had other plans.
Like me, he needed two more years to complete his doctorate,
but he would continue them in France, in Paris.

Pour lui, l'année scolaire ne commençait que le 15 octobre à Paris.

C'est pourquoi il a choisi de rester en Israël avec sa nouvelle petite amie tout le mois de septembre.
Ils ont passé deux semaines à Tel Aviv, puis sont allés à Eilat, et de là ils sont descendus sur les rives de la péninsule du Sinaï, à Nuweiba et Dahab jusqu'à Sharm El Sheikh.

Sur le chemin du retour, ils sont entrés dans le désert du Sinaï pour visiter le monastère de Sainte-Catherine. (J'avais déjà fait ce voyage superbe avec un groupe de juifs français après mon séjour au kibboutz.)

En d'autres termes, ma séparation avec Michel était prévue immédiatement après mon retour de France.
Quant à ma séparation avec Sylvia, je ne voulais pas y penser du tout !

En fait, je ne savais pas que dans les coulisses, Sylvia était impliquée dans une

For him, the school year began only on October 15 in Paris.

That's why he chose to stay in Israel with his new girlfriend the entire month of September.
They spent two weeks in Tel Aviv, and then went to Eilat, and from there they descended to the shores of the Sinai Peninsula, to Nuweiba, Dahab as far as Sharm El Sheikh.

On the way back, they entered the center of the Sinai Desert to visit the Monastery of St. Catherine. (I had already done such a wonderful journey, with a group of French Jews, after my stay in the kibbutz.)

In other words, my separation from Michel was planned immediately after my return from France.
As for my separation from Sylvia, I did not want to think about it at all!

In fact, I did not know that behind the scenes, Sylvia was involved in a war of

guerre d'usure avec ses parents.

Au début du mois d'août, ses parents ont voulu savoir pourquoi elle avait décidé d'annuler son voyage en Grèce.
Comme moi avec Rivka, elle leur avait dit la vérité :
Elle avait rencontré un jeune juif français, était tombé amoureuse de lui, et depuis vivait avec lui.
(Tous ces détails, je les ai appris plus tard grâce à Charles qui servit de conseiller à Sylvia.)

Sa mère lui envoya une réponse, très désagréable pour moi, dans lequel elle écrivit que les histoires d'amour d'été étaient très communes et pas sérieuses du tout.
Tout sera fini quand elle reviendra à Paris.
Sylvia lui écrivit que j'étais l'amour de sa vie.
Sa mère s'est fâchée et lui a dit qu'aucun Juif n'entrerait jamais dans leur famille.
Pour comprendre cette affirmation, il faut savoir que la famille bourgeoise de la

attrition with her parents.

At the beginning of August, her parents wanted to know why she had decided to cancel her trip to Greece.

As I did with Rivka, she told them the truth:
She had met a young French Jew, had fallen in love with him, and since then they lived together.
(All these details, I learned them later thanks to Charles who served as counselor to Sylvia.)

Her mother sent her an answer, very unpleasant for me, in which she wrote that summer love stories were very common and not serious at all.

Everything will be over when she returns to Paris.
Sylvia wrote to her that I was the love of her life.
Her mother got angry and told her that no Jew would ever enter their family.
To understand this statement, one must know that Sylvia's bourgeois family had been

mère de Sylvia vivait à Versailles depuis cent ans.

Sa mère appartenait à la droite radicale la plus conservatrice des catholiques.
Je suis sûr que son arrière-grand-père pensait que Dreyfus était un traître parce qu'il était juif.
Sylvia décida de ne pas répondre, et avec son oncle Charles a pensé à un plan spécial.
Le temps des fêtes arriva, et nous sommes retournés ensemble en France comme un couple en lune de miel.
Nous avons pris exprès un vol d'Air France pour voler le samedi.

Et j'ai averti mes parents que j'arriverais dimanche après-midi avec un avion d'El Al.
Seule Rivka connaissait cette astuce pathétique.

Après l'atterrissage, nous avons pris un taxi pour Versailles.

L'appartement de Sylvia était à son image : riche, meublé de bon goût, en ordre, tous

living in Versailles for a hundred years.

Her mother belonged to the most conservative right wing of the Catholics.

I'm sure her great-grandfather thought Dreyfus was a traitor because he was a Jew.

Sylvia decided not to answer, and with her uncle Charles thought of a special plan.

The holiday season came, and we returned together to France like a couple on a honeymoon.
We took an Air France flight on purpose to fly on Saturday.

And I warned my parents that I would arrive Sunday afternoon with an El Al plane. Only Rivka knew this pathetic trick.

After landing, we took a taxi to Versailles.

Sylvia's apartment was in her own image: rich tastefully furnished, in order, all the

les meubles étaient de style classique.
Sur les murs étaient accrochés des copies de peintures impressionnistes.

Le salon était spacieux et meublé avec un piano et un grand canapé confortable.
Blanche-Neige était revenue dans son palais !

La nuit, après avoir fait l'amour, Sylvia fondit en larmes et me dit avec précaution et un peu de honte que ses parents ne voulaient pas me rencontrer.

Elle ne m'a pas expliqué pourquoi et je n'ai pas demandé.
(J'ai sauté sur l'occasion !)
Je l'ai embrassé et j'ai dit :
— Mes parents aussi ne veulent pas te rencontrer, mon amour.
Sylvia s'est plainte en pleurant :

— Pourquoi, pourquoi ne pouvons-nous ne pas être un couple heureux comme tout le monde !

J'ai essayé de la réconforter

furniture was in classic style.

On the walls, copies of impressionist paintings were hung.

The living room was spacious and furnished with a piano and a large comfortable sofa.
Snow White had returned to her palace!

At night, after making love, Sylvia burst into tears and told me cautiously and with a little shame that her parents did not want to meet me.

She did not explain why and I did not ask.

(I jumped at the chance!)
I kissed her and said:
"My parents also do not want to meet you, my love."

Sylvia complained, crying:

"Why, why can't we just be a happy couple like everyone else!"

I tried to comfort her as much

autant que possible.
— Ce n'est pas important,
l'essentiel est que nous
soyons ensemble !

En fait, la situation me
convenait.
Nous étions comme Roméo
et Juliette : seuls contre le
monde entier !

as possible.
"It's not important, as long as
we're together!"

In fact, this situation suited
me.
We were like Romeo and
Juliet: alone in front of the
whole world!

Chapitre 18 - Chapter 18

Le lendemain, je suis rentré chez moi. Ce n'était pas un palais comme celui de Sylvia.

The next day, I went home. It was not a palace like Sylvia's.

Mais c'était la maison où j'avais grandi, étudié et enseigné.
Ma famille m'a accueilli avec une grande joie.
Comme d'habitude, ma mère a pleuré, mon père a dit en hébreu, "Bienvenue".

But it was the house where I grew up, went to school, and started teaching.
My family welcomed me with great joy.
As usual, my mother cried and my father said in Hebrew, "Welcome"

Ma grand-mère a dit en tunisien, "Halit Louarsh", ce qui veut dire "tu nous as manqué".
J'ai ressenti combien ils m'avaient manqué pendant l'année.

My grandmother said in Tunisian, "Halit Louarsh", which means "we missed you".
I felt how much I missed them during the year.

Ils m'ont posé beaucoup de questions, sur les études, sur le travail, sur la recherche, sur la famille, sur la vie en Israël, etc.
Mais si j'avais une petite amie, ils ne m'ont pas demandé !

They asked me a lot of questions, about my studies, about work, about research, about family, about life in Israel, and so on.
But if I had a girlfriend, they did not ask me!

Chaque soir, pour dormir avec Sylvia, j'ai utilisé le même mensonge: des soi-disant amis israéliens m'attendaient à Paris et je

Every night, to sleep at Sylvia's place, I used the same lie: so-called Israeli friends were waiting for me in Paris and I had to join them

devais les rejoindre chaque nuit pour sortir.
En fait, j'allais à Versailles.

Vers cinq heures du matin, je quittais Sylvia sans la réveiller et retournais à la maison de mes parents.
Les routes étaient vides à cette heure-là; une demi-heure suffisait pour rentrer à Paris !

C'est comme cela que je passais tous les soirs, sauf le samedi et les jours de fêtes juives.
Personne ne m'a demandé qui étaient ces amis qui aimaient tant la fête.

Et je n'ai pas osé leur dire un mot à propos de Sylvia.

À Yom Kippour, comme chaque année, nous nous sommes levés tôt le matin et sommes allés à la synagogue.
Je suis resté là avec mon père jusqu'à la fin du jeûne, mais je ne pouvais pas me concentrer.
J'hésitais tout le temps : que dois-je faire ? Que dire ? Quand ? Comment ?

to have fun.

In fact, I was going to Versailles.
Around five in the morning, I would leave Sylvia without waking her and go back to my parents' house.
The roads were empty at that hour; half an hour was enough to return to Paris!

That's how I spent every night except Saturdays and Jewish holidays.

Nobody asked me who these friends were, who liked to party so much.

And I did not dare to say a word about Sylvia.

On Yom Kippur, like every year, we got up early in the morning and went to the synagogue.

I stayed there with my father until the end of the fast, but I could not concentrate.

I hesitated the entire time: what should I do? What should I say? When? How?

Toutes mes pensées étaient concentrées sur ce dilemme : Que faire ?
Après la fin de la fête, selon la tradition tunisienne, je rentrais à la maison manger un peu de confiture de coing et boire un verre de limonade.

Mais je ne pouvais pas attendre plus longtemps, j'ai laissé tomber le diner et j'ai couru vers Sylvia.

All my thoughts were focused on this dilemma:
What should I do?
After the end of the fast, according to the Tunisian tradition, I went home to eat a little quince jam and drink a glass of lemonade.

But I could not wait any longer; I left the dinner table and ran to Sylvia.

Chapitre 19 - Chapter 19

Pour Sylvia, vivre dans le secret était devenu insupportable.

For Sylvia, living in secrecy had become unbearable.

Deux semaines avant mon retour en Israël, sans prévenir, elle a envoyé à ses parents une lettre courte et claire.

Two weeks before my return to Israel, without warning, she sent her parents a short and clear letter.

Ils m'acceptaient, sinon elle coupait tout contact avec eux et revenait avec moi en Israël.

Either they accepted me; otherwise she would cut off all contact with them and returned with me to Israel.

Trois jours après avoir reçu la lettre, ses parents ont plié.

Three days after receiving the letter, her parents surrendered.

Son père a appelé et nous a invités à dîner à la maison.

His father called and invited us to dinner at their house.

La détermination de Sylvia se terminait par une victoire totale.

Sylvia's determination ended in total victory.

Pour moi, cette décision a changé les règles du jeu.

For me, this decision changed the rules of the game.

Je n'avais plus aucun moyen de me dérober comme avant.

I had no way of escaping as before.

La soirée stressante est arrivée.

The stressful evening had arrived.

Comme prévu, les parents vivaient dans une maison luxueuse non loin de Sylvia.

As expected, her parents lived in a luxurious house not far from Sylvia.

Quand j'ai rencontré sa mère: les choses étaient claires

When I met her mother: things were clear for both of

pour nous deux, la haine au premier regard.
Elle ne m'a pas parlé de la soirée.

En revanche, son père et son frère étaient vraiment très gentils.
Je n'ai pas été surpris d'entendre qu'à l'âge de 18 ans, en 1940,
son père a quitté sa famille (une famille bourgeoise de Versailles) et a rejoint De Gaulle à Londres.
Il a servi dans les blindés toute la guerre et avec son char a participé à la libération de Paris en août 1944.

Ils ont posé beaucoup de questions, se sont intéressés à la vie en Israël, à la situation sécuritaire, à nos excursions en Israël.
Sylvia me tenait toujours la main comme si elle avait peur que je m'enfuie.

Tout le monde était poli, écoutait, discutait avec modération de toutes sortes de sujets.
L'atmosphère était très agréable, confortable, la

us - hate at first sight.

She did not speak to me the entire evening.

On the other hand, his father and his brother were really very nice.
I was not surprised to hear that at the age of 18, in 1940, his father left his family (a bourgeois family from Versailles) and joined De Gaulle in London.

He served in the armored corps throughout the war and with his tank participated in the liberation of Paris in August 1944.

They asked many questions, were interested in life in Israel, the security situation, and our trips in the country.

All the while Sylvia was holding my hand as if she were afraid I would run away.

Everyone was polite and listened to each other. We discussed all sorts of subjects.
The atmosphere was very nice, comfortable, cordial,

nourriture était excellente, un vrai plaisir.

(À la maison, nous avions l'habitude de crier tous ensemble en français, en arabe, et de nous disputer tout le temps)

Après le souper, la mère de Sylvia a dit bonne nuit et nous a quittés.

Je savais que Sylvia était très en colère, mais elle n'a pas dit un mot.

Son frère et sa femme devaient rentrer à la maison à cause des enfants, et nous sommes restés seuls avec son père.

Sylvia faisait beaucoup d'efforts pour me faciliter les choses, elle a apporté un jeu d'échecs et a dit : Mon père est accro aux échecs, jouez ensemble !

Une fois, je lui avais dit que j'aimais jouer, mais je ne lui avais pas dit que toute ma jeunesse j'avais été joueur de club et que j'avais un niveau élevé.

Après quelques coups, j'ai

and the food was excellent, a real pleasure.

(At home, we used to scream all together in French, in Arabic, and argue all the time.)

After supper, Sylvia's mother said good night and left us.

I knew that Sylvia was very angry at her, but she did not say a word.

Her brother and his wife had to go home because of their children, and we stayed alone with her father.

Sylvia made a lot of effort to make things easier for me, so she brought a chess game and said: "My father is addicted to chess, come and play together!"

Once I told her that I liked playing, but I did not tell her that all my youth I had been a club player and that I had a high level.

After a few moves, I realized I

compris que je pouvais facilement battre son père. Mais par respect pour lui et pour Sylvia, je l'ai laissé délibérément gagner.

Lui et Sylvia étaient très heureux.

Nous sommes partis juste avant minuit.

Plus tard, dans l'appartement, au lit, Sylvia m'a chuchoté à l'oreille :
— Petit malin, quelle idée géniale de laisser gagner mon père, tu mérites un cadeau !
Et sa langue a commencé à s'occuper.

could easily beat her father.

But in his honor and in honor of Sylvia, I deliberately let him win.

He and Sylvia were very pleased.

We left just before midnight.

Later, in the apartment, in bed, Sylvia whispered in my ear:
"Little bastard, what a great idea to let my father win, you deserve a gift!"

And her tongue began to work...

Chapitre 20 - Chapter 20

Après la rencontre avec ses parents, Sylvia a exigé de rencontrer mes parents !	After the meeting with her parents, Sylvia asked to meet mine!
A cause des fêtes, j'ai réussi à la convaincre qu'une telle rencontre n'était pas possible.	Because of the holidays, I managed to convince her that such a meeting was not possible.
C'est un euphémisme de dire que Sylvia n'était pas enthousiaste à l'annonce de cette nouvelle.	It's an euphemism to say that Sylvia was not thrilled about the news.
J'étais supposé retourner au Technion début octobre.	I was supposed to return to the Technion in early October.
Nous avons convenu qu'elle viendrait en Israël pour Noël à la fin de l'année civile.	We agreed that she would come to Israel for Christmas at the end of the year.
En attendant, je lui ai promis que je parlerais à mes parents de nous deux, le plus tôt possible.	In the meantime, I promised her that I would talk to my parents about us as soon as possible.
En fait, je ne savais pas qu'ils avaient déjà reçu, à la mi-septembre, une lettre de Rivka avec tous les détails sur Sylvia.	In fact, I did not know that they had already received, in mid-September, a letter from Rivka with all the details about Sylvia.
Mais ils ne m'ont pas posé de questions sur elle, et je n'ai rien dit.	But they did not ask me questions about her, and I did not say anything.

Comme Rivka, comme la mère de Sylvia, ils pensaient que notre histoire n'était pas sérieuse.
Tout le monde attendait patiemment la fin de notre amour.
Comme ils se trompaient !

La nuit avant mon retour, Sylvia m'a encore demandé :

— As-tu parlé à tes parents ?

Je lui ai menti et j'ai répondu :
— Oui, bien sûr.
— Alors qu'est-ce qu'ils ont dit ?
— Ils ne sont pas contents, ils ne veulent pas te voir, sauf si tu acceptes de te convertir.
— Certainement pas. Je t'aime comme tu es, tu dois m'aimer comme je suis.

Je n'ai pas dit un mot.
Elle a continué avec colère :
— Je dois te dire que je n'accepte pas de me convertir, je suis chrétienne et resterai chrétienne !

Elle m'a caressé la joue.
— Alors, mon amour, tu dois utiliser la méthode qui a

Like Rivka, like Sylvia's mother, they thought our story was not serious.

Everyone waited patiently for the end of our romance.

How wrong they were!

The night before my return to Israel, Sylvia asked me again:

"Have you spoken to your parents?"
I lied to her and I replied:
"Yes of course."
"So what did they say?"

"They are not happy; they do not want to see you unless you agree to convert."
"Certainly not. I love you as you are, you must love me as I am."

I did not say a word.
She continued angrily:
"I must tell you that I will not accept to convert, I am Christian and will remain a Christian!"

She stroked my cheek.
"So, my love, you must use the method that worked so

fonctionné avec mes parents, menacer de ne plus les voir.
(Les choses semblaient si simples pour elle, mais pour moi !)

J'imaginais la réaction de mon père, les pleurs de ma mère, les cris de ma grand-mère.
Peut-être qu'il aura une crise cardiaque ?
Comment écrire une telle lettre !

Quel cauchemar !
Soudain, je me suis rappelé de tout comme dans un film :
La station de bus, le centre du Carmel, la villa de Charles, notre appartement, nos nuits folles, sa beauté, le regard des gens sur elle.

C'était impossible, je ne pouvais pas penser que je ne la verrais plus, que tout était fini.

Un sanglot dans la gorge, je répondis :

— Oui, tu as raison, la semaine prochaine je leur écrirai une lettre pour tout leur expliquer.

well with my parents, threaten not to see them anymore.
(Things seemed so simple for her, but for me! It was different.)

I imagined my father's reaction, my mother's crying, and my grandmother's cries.

Maybe he'll have a heart attack?
How should I write such a letter!

What a nightmare!
Suddenly, I remembered everything like in a movie:
The bus station, the center of Carmel, Charles's villa, our apartment, our crazy nights, her beauty, the way people look at her.

It was impossible; I could not imagine that I would not see her again, that everything was over.

I held back a sob and I replied:

"Yes, you're right; next week I'll write them a letter to explain everything to them.

— Tu me le promets ?
— Je te le promets
Je l'ai étreinte pour la calmer.

Je lui ai promis que j'écrirais la lettre, à ce moment j'étais convaincu que je tiendrais ma promesse.

Sincèrement, je lui ai menti, je me suis menti à moi-même.
Ses yeux étaient en larmes.
Mon mensonge était si évident pour elle !
Mais elle a fait semblant comme si elle me croyait et a dit :
— Je t'aime.
— Je t'aime aussi.
On se revoit bientôt, deux mois, c'est rien ! ai-je répondu la voix tremblante.

Elle sourit entre ses larmes, ouvrit un tiroir et prit un somnifère.

Elle serra ma main, avala la pilule et dit délibérément ces mots :

— Au revoir mon amour, cela a été très agréable ! Et elle

"You promise me?"
"I promise you."
I hugged her to calm her down.

I promised her that I would write the letter and at that very moment I was convinced that I would keep my promise.

Sincerely, I lied to her, I lied to myself.

Her eyes were in tears.
My lie was so obvious to her!

But she pretended to believe me and said:

"I love you."
"I love you too.
See you soon, two months - it's nothing!" I replied with a trembling voice.

She smiled between her tears, opened a drawer and took a sleeping pill.

She squeezed my hand, swallowed the pill and deliberately said these words:

"Bye my love, it was very nice!" And she fell asleep.

s'est endormie.

Je reçus chaque mot comme un coup de couteau dans le cœur.
J'étais déchiré.
Je la voyais si belle, si fragile, et j'ai pleuré.
Doucement, je lui murmurai à l'oreille :

— Bonne nuit ! Amour de ma vie !

Le lendemain tôt le matin, je suis parti en silence, sans la réveiller.

Le soir, j'étais en Israël, solitaire, misérable, malheureux.

Blanche Neige ne reviendrait pas, je l'avais perdu pour toujours.

Je n'ai pas écrit la lettre.
Je ne pouvais pas le faire.

Quelque chose comme une force supérieure m'en a empêché.

I received every word as a stab in the heart.
I was torn.
I saw her so beautiful, so fragile, and I cried.
Gently, I whispered in her ear:

"Good night! Love of my life!"

The next day, early in the morning, I left in silence, without waking her.

In the evening I was in Israel, lonely miserable, poor.

Snow White would not come back, I had lost her forever.

I could not write the letter.
I was not able to do it.

Something like a superior force was stopping me.

Chapitre 21 - Chapter 21

Presque chaque semaine, je parlais à Sylvia au téléphone, moi en Israël, elle en France.

Elle ne m'a jamais posé de questions sur la lettre ou sur mes parents !

Début décembre, j'ai reçu une lettre.
La lettre était écrite dans son style caractéristique, direct et court :

Mon amour,
Tu ne sais pas à quel point tu me manques.
Du lever au coucher du soleil, je pense à toi.
La nuit, je prie pour que nous soyons ensemble.
Je n'ai pas envie de venir à la fin de l'année pour seulement deux semaines et de te quitter à nouveau.
Michel m'a dit combien tu es fier d'être avec moi.
Mon amour, je t'adore aussi.
Tu es mon prince charmant !
Mais, je ne peux pas continuer comme ça, cette situation est insupportable !

Je veux vivre heureuse avec toi pour toujours, créer une

Almost every week, I spoke to Sylvia on the phone; - I was in Israel, she in France.

She never asked me about the letter or my parents!

In early December, I received a letter.
The letter was written in her characteristic style, direct and short:

My love.
You do not know how much I miss you.
From sunrise to sunset, I think about you.
At night, I pray that we will be together.
I do not want to come at the end of the year for only two weeks and leave you again.

Michel told me how proud you are to be with me.
My love, I adore you too.
You are my prince charming!
But, I cannot continue like this, this situation is unbearable!

I want to live happy with you forever, have a family, have

famille avec toi, avoir des enfants avec toi, les élever avec toi.
Michel m'a dit que tes parents ne m'accepteraient jamais parce que je n'étais pas juive.
Cela n'est pas important !
Je te le demande,
je t'en supplie !
Marions-nous !
Après le mariage, je suis prête à vivre avec toi en Israël, en France, où tu veux...
Tu es le seul à pouvoir décider de notre sort.
J'attends plein d'espoir, ici à Paris, ta réponse positive.

Je vais attendre jusqu'à minuit le 31 décembre.
L'année prochaine, il sera trop tard !
Je le répète encore :
je t'aime.
S'il te plaît ne me déçois pas !
S'il te plaît ...
Sylvia.
Ps. Réponds-moi juste : Oui !

children, and bring them up with you.

Michel told me that your parents would never accept me because I am not Jewish.
I don't care!
I'm asking you,
I'm begging you!
Let's get married!
After marriage, I am ready to live with you in Israel, in France or wherever you like.

You are the only one who can decide our fate.
I look forward to receiving your positive response.

I will wait until midnight on December 31st.
Next year, it will be too late!

I repeat again:
I love you.
Please don't disappoint me!
Please…
Sylvia.
PS. Just answer me: Yes!

J'ai lu la lettre mille fois.

Que faire?
Que répondre ?

Comment lui expliquer toutes

I read the letter a thousand times.

What should I do?
What should I answer?

How can I explain to her all

mes réserves ?
(A propos des enfants, des parents)
Mais d'un autre côté, comment pouvoir l'oublier ?
La perdre pour toujours !
(Son corps, son odeur, sa voix, sa beauté, son charme)

J'étais complètement confus, incapable de penser.

J'ai montré la lettre à Rivka.
Elle l'a lu deux fois, lentement et a demandé ;
— Avez-vous parlé des enfants ?
Quand je lui ai dit que Sylvia était opposée à la conversion et à la circoncision
Elle a grimacé et m'a dit :
— La décision t'appartient !
Mais elle mérite une réponse !
Elle a raison, ça ne peut pas continuer comme ça !

J'ai hésité, je ne savais pas quoi faire.
J'ai essayé dans un dernier effort d'expliquer mes réserves, de lui dire la vérité !

Je lui ai envoyé un télégramme.

my reservations?
(About children, parents)

But on the other hand, how can I forget her? To lose her forever!
(Her body, her smell, her voice, her beauty, her charm)

I was completely confused, unable to think.

I showed the letter to Rivka.
She read it twice, slowly and asked;
"Have you talked about children?"
When I told her that Sylvia was opposed to conversion and circumcision, she grinned and said:
"The decision belongs to you!
But she deserves an answer!

She's right; you can't keep going like this!"

I hesitated; I did not know what to do.
I tried in a last effort to explain my reservations, to tell her the truth!

I sent her a wire.

— Mon amour, nos enfants, ils seront considérés comme des non-juifs, une situation que je ne suis pas prêt à accepter.

Si tu acceptes de te convertir, tout serait beaucoup plus facile.

Elle a rappelé en colère :

— Arrête de chercher des excuses !
Les enfants décideront de leur sort par eux-mêmes, l'essentiel est pour l'instant nous deux !
Je comprends maintenant que tu as peur de tes parents.
Tu es resté un enfant, et tu ne grandiras jamais.
Pas étonnant que tu vis dans le monde des maths
Un monde enfantin où tout est noir ou blanc.
Tu ne peux pas affronter toutes les nuances de gris de la réalité.
Je veux t'épouser, et toi ?

Et elle a raccroché !

"My love, our children, they will be considered as non-Jews, a situation that I am not able to accept.

If you accept to convert, everything would be much easier.

She telephoned me very angry!
"Stop looking for excuses!
The children will decide their fate by themselves; for the moment we are talking about us as a couple!

I understand now that you are afraid of your parents.

You have remained a child, and you will never grow up.
No wonder you live in the world of Math's,
a childish world where everything is black or white.
You cannot face all the gray nuances of reality.

I want to marry you, and you?
What do you want?"
And she hung up!

Chapitre 22 - Chapter 22

Les jours passaient, j'hésitais tout le temps.
Pour dormir, j'ai dû prendre des somnifères.
Je ne pouvais pas choisir entre Sylvia et ma famille.
Le 31 décembre, quand je me suis levé, j'ai eu une idée folle.

The days passed and I hesitated all the time.
I had to take sleeping pills to be able to sleep.
Choosing between Sylvia and my family was very difficult.
On December 31st, when I got up, I had a crazy idea.

Cela valait la peine d'aller visiter Charles, l'oncle de Sylvia, pour gagner du temps, obtenir des conseils ou autre chose.

It was worth going to visit Charles, Sylvia's uncle, to save time, get advice or something else.

Il pourrait persuader Sylvia de se convertir ou d'attendre un peu plus longtemps.

Maybe, he could persuade Sylvia to convert or wait a little longer.

Le soir, dans sa luxueuse villa, je lui ai demandé conseil.

In the evening, in his luxurious villa, I asked him for advice.

Il m'a expliqué que le boycott que sa famille lui avait imposé n'était pas si difficile pour lui.
Mais en même temps il était excité à l'idée que Sylvia vienne habiter à Haïfa.
La preuve que sa famille lui manquait.

He explained to me that the boycott his family had imposed on him was not so difficult for him.
But at the same time he was excited that Sylvia would come to live in Haïfa.
(This was proof that he still missed his family.)

Je lui ai expliqué mes

I explained to him my

hésitations à propos des enfants et mes peurs de blesser mes parents.
Il m'a répondu sérieusement :
— Il y a toujours un prix pour le bonheur !
Quand j'ai soulevé le sujet de la conversion, il m'a coupé en milieu de phrase.

— Oublie ça, tu ne sais pas combien Sylvia est pieuse.

Alors je me suis souvenu de sa visite à Jérusalem et de son enthousiasme pour les églises.

Charles a continué :
— Si tu l'aimes, tu dois l'accepter comme elle est, d'ailleurs, elle ne te demande rien lié à la religion.

Cependant, je sais que dans son enfance, elle rêvait d'un mariage, habillée en robe de mariée blanche, dans la grande église de Versailles.
Maintenant, à cause de toi, elle est prête à abandonner un mariage religieux !

Malheureusement, Charles avait raison à 100%, la conversion n'était pas la

---

hesitation about the children and my fears of hurting my parents.
He answered me seriously:
"Happiness always has a price!"
When I raised the subject of conversion, he cut me off in the middle of the sentence.

"Forget it; you do not know how pious Sylvia is."

Then I remembered her visit to Jerusalem and her enthusiasm for the churches.

Charles continued:
"If you love her, you have to accept her as she is, besides, she does not ask you anything related to religion.

However, I know that in her childhood, she dreamed of a wedding, dressed in a white wedding dress, in the great church of Versailles.
Now, because of you, she is ready to give up a religious wedding!"

Unfortunately, Charles was 100% right, conversion was not the solution.

solution.
Il ajouta d'un ton sec :
— Attendre, pourquoi, n'avez-vous pas tous les deux assez souffert ?
Une fois de plus, il avait raison !

Sans pitié, le temps a passé, l'horloge est devenue une bombe à retardement, presque minuit !
Juste un mot au téléphone et ce cauchemar était terminé.

Je ne savais pas quoi faire.
Charles restait silencieux, tout à coup, regardant sa montre et il a annoncé :
— Il est minuit ici, onze heures à Paris !"

Finalement, j'ai demandé à Charles d'appeler Sylvia pour lui dire que je ne pouvais pas !
Il m'a demandé pourquoi je ne n'appelais pas moi-même ?

En larmes, je lui répondis d'une voix tremblante :
— C'est au-dessus de mes forces ! Le prix, son prix est trop cher.

He added in a dry tone:
"Wait, why, have you not both suffered enough?"

Once again, he was right!

Without mercy, time has passed; the clock has become a time bomb, almost midnight!
Just a word on the phone and this nightmare would be over.

I did not know what to do.
Charles was silent, suddenly; he looked at his watch and declared:
"It is midnight here, eleven o'clock in Paris!"

Finally, I asked Charles to call Sylvia to tell her I could not!

He asked me why I did not call myself.

In tears, I replied in a trembling voice:
"It's beyond my strength! The price, her price is too expensive."

Charles accepta de parler à Sylvia dans l'intimité de sa chambre.
J'attendais dans le salon, brisé, plein d'anxiété.
Quand il est revenu, je lui ai sauté dessus :
— Qu'est-ce qu'elle a dit ?
Charles a répondu avec beaucoup de tristesse :
— Elle a beaucoup pleuré et a dit :
C'est très dommage, dommage pour moi, dommage pour lui, dommage pour nous, j'espère qu'un jour il ne le regrettera pas.
Quant à moi je ne lui pardonnerai jamais !

Alors, je me suis rendu compte à quel point elle était plus forte que moi, plus déterminée, prête à aucun compromis ou négociation.
Dans sa vie, elle avait toujours réussi à obtenir ce qu'elle voulait.

Mais, à cause de moi, cette fois !
J'étais dévasté, j'ai commencé à pleurer comme un enfant.

Plusieurs minutes se sont

Charles agreed to talk to Sylvia in the privacy of his room.
I waited in the living room, broken, full of anxiety.
When he came back, I rushed to him:
"What did she say?"
Charles replied with great sadness:
"She cried a lot and said:
This is a pity, a pity for me, a pity for him, a pity for us; I hope that one day he will not regret it.

As for me, I will never forgive him!"

So, I realized how much stronger than I she was, more determined, not ready for any compromise or negotiation.
In her life, she had always managed to get what she wanted.

But not this time, because of me!
I was devastated; I started to cry like a child.

Several minutes passed!

écoulées !
Sans réfléchir, Charles m'a proposé de passer la nuit dans la chambre de Sylvia.
La pièce où nous avions fait l'amour de nombreuses fois.

Cette pensée m'a déchiré encore plus. J'ai répondu :
— Merci, mais je préfère rentrer à la maison,
je dois rester seul.

Je partais quand Elie est entré dans le salon avec une bouteille de champagne et a crié :
— Bonne année à tous !
J'ai couru à mon appartement !

Without thinking, Charles offered me to spend the night in Sylvia's room.
The room where we made love many times.

This thought tore me up even more. I answered:
"Thank you, but I prefer to go home,
I have to stay alone."

I was leaving when Elijah entered the living room with a bottle of champagne and shouted:
"Happy New Year everyone!"
I ran to my apartment!

Chapitre 23 - Chapter 23

Le lendemain, le 1er janvier 1981, jour non férié en Israël, je me suis réveillé à midi, avec un mal de tête terrible.

The next day, January 1, 1981 just a regular day in Israel, I woke up at noon, with a terrible headache.

J'étais sous le choc, je ne pouvais pas croire que j'avais dit "non" à Sylvia !

I was shocked; I could not believe I said "no" to Sylvia!

Une vague d'anxiété monta en moi, je ne voulais pas admettre que notre histoire était finie !

A wave of anxiety mounted in me, I did not want to admit that our story was over!

Ce n'est qu'après avoir pris une pilule contre l'anxiété que je me suis détendu un peu.

I relaxed a little only after taking an anti-anxiety pill.

Je suis allé au Technion pour enseigner mon cours sur les équations différentielles.

I went to the Technion to teach my course on differential equations.

Je n'étais pas vraiment concentré, j'ai fait quelques erreurs stupides.

I was not really focused, I made some stupid mistakes.

Tout le monde a pensé, qu'est-ce qui lui arrive, peut-être qu'il a trop bu hier à la fête du Nouvel An.

Everyone thought, "What's happening to him, maybe he drank too much yesterday at the New Year's party.

Dans la soirée, j'ai appelé Sylvia. Personne n'a répondu, alors j'ai appelé ses parents.

In the evening, I called Sylvia. Nobody answered, so I called her parents.

Sa mère m'a répondu et a crié :

Her mother answered me and shouted:

— Elle ne veut pas te parler,

"She does not want to talk to

tu lui as causé assez de mal, ne l'appelle plus !

you, you have caused her enough trouble, do not call her again!

J'ai recommencé à pleurer. Qu'avais-je fait ? Pourquoi lui ai-je donné une réponse négative ?
Soudain, j'ai entendu frapper à la porte.

I started crying again. What had I done? Why did I give her a negative answer?

Suddenly, I heard knock on the door.

Rivka, ma cousine, est entrée dans l'appartement.
Mon désespoir se transforma en colère :
— Viens, regarde comme je vais bien, vous avez gagné, le peuple juif a gagné, j'ai jeté Sylvia, je l'ai tuée, j'ai tué mon amour.

Rivka, my cousin, came into the apartment.
My despair turned into anger:

"Come, look how I'm doing, you won, the Jewish people won, I threw Sylvia away, I killed her, and I killed my love.

Si tu es venu dire le Kaddish, inutile, va dire à mon père, à ma mère, à tout le monde ! Maintenant, ils peuvent respirer, faire la fête, tout est fini !
Et j'ai fondu en larmes. Elle a pris ma main :
— Je comprends ce que tu ressens, c'est ton droit d'être en colère, mais personne ne t'a forcé !
J'ai retiré ma main, quelle hypocrisie !
J'ai crié :

If you came to say Kaddish, there is no need, go tell my father, my mother, everyone! Now they can breathe, party, everything is over!

And I burst into tears. She took my hand:
"I understand what you feel, it's your right to be angry, but nobody forced you!"

I removed my hand, what hypocrisy!
I screamed:

— Oui, j'ai abandonné l'amour de ma vie, je ne mérite pas d'être heureux.
Tu sais pourquoi ? Parce qu'il nous a choisis et nous a donné Sa Torah !
Parce ce que nous avons survécu comme cela pendant deux mille ans afin d'être un peuple libre sur notre terre.
Quoi encore ?

Rivka ne m'a pas laissé continuer, elle a dit doucement :
— Philippe, si tu connais les réponses, pourquoi tu poses les questions ?

Mais crois-moi, mon amour, c'est mieux comme ça !
Maintenant, rentre à la maison avec moi.
Je ne voulais pas bouger, Sylvia pouvait appeler ?
Rivka a décidé de me faire à manger.
Tout en cuisinant, elle a continué à bavarder :

— N'oublie pas, nous sommes là, avec le temps tout passe, tu es jeune, tout le monde t'aime.

Après tous ces clichés, elle

"Yes, I gave up the love of my life; I do not deserve to be happy.
You know why? Because He chose us and gave us His Torah!
Because we have survived like this for two thousand years in order to be a free people on our land.
What now?

Rivka did not let me continue, she said softly:

"Philippe, if you know the answer, why are you asking the question?

But believe me, my love, and its better like that! Now, come home with me.

I did not want to move, after all Sylvia could call.
Rivka decided to make me some food.
While cooking, she continued to chat:

"Don't forget, we are here, with time everything passes, you are young, and everyone loves you."

After all these clichés, she

est partie !

Où est Sylvia ?
Comment se sent-elle ?
Comment allait-elle aujourd'hui ?
Je devais le savoir, j'ai appelé Charles !

Elie a répondu que Charles était indisponible.
Hier, au milieu de la folie, il m'a dit que j'avais oublié ma sacoche.
Je pouvais revenir la récupérer.
Quand je suis arrivé, Charles et Elie buvaient du champagne dans le salon.

— Ah, voici notre héros !
Dit Elie à moitié saoul.
Nous buvons à ma victoire !
Charles n'était pas si heureux, il me murmura :
— Tu as fait une très grave erreur ! Peut-être n'es-tu pas né pour le bonheur !
J'ai répondu énervé :
— Avez-vous des nouvelles de Sylvia?
Charles a crié :
— Qu'est-ce que ça peut te faire, maintenant, tu ne comprends pas que c'est fini, elle est morte pour toi !

left!

Where is Sylvia?
How does she feel?
How was she today?

I had to know, I called Charles!

Elijah replied that Charles was unavailable.
Yesterday, in the midst of madness, he told me that I had forgotten my bag.
I could come back and get it back.
When I arrived, Charles and Elijah were drinking champagne in the living room.
"Ah, here is our hero!"
Said Elijah half drunk.
"We drink to my victory!"
Charles was not so happy, he murmured to me:
"You made a very serious mistake! Maybe you were not born for happiness!"
I replied angry:
"Do you have any news from Sylvia?
Charles shouted:
"What do you care now; you don't understand that it's all over, she's dead for you!"

Je me sentais très mal !
Elie m'a rendu ma sacoche et m'a demandé :
— Qu'en est-il de votre recherche, progressez-vous ?
J'ai répondu :
-Je suis toujours coincé !
Élie sourit et me dit d'une voix très douce :
— Eh bien, puisque je vous dois quelque chose, je vous donnerai un indice pour vous consoler.
Parfois, vous devriez sortir des sentiers battus !
Avez-vous pensé à la théorie des groupes algébriques ?
Et il est parti sans dire un mot.
J'étais complètement étonné, comment Elie, peintre de son métier, pouvait-il connaître cette théorie ?
Une des théories les plus difficiles des mathématiques !
Quelle personne étrange !
J'ai balbutié :
— Je ne comprends pas, comment est-ce… ?

Charles m'a interrompu.
— Elie t'a donné un grand cadeau que tu mérites, cependant, il a dépassé les bornes.
Tout ça, est beaucoup plus

I felt very bad!
Elijah returned my bag and asked me:
"What about your research, are you progressing?"
I answered:
"I'm still stuck!"
Elijah smiled and said to me in a very sweet voice:
"Well, since I owe you something, I will give you a clue to console you.
Sometimes you should think outside the box!

Have you thought about the theory of algebraic groups?"
And he left without adding a word.
I was completely surprised, how could Elijah, painter of his profession, know this theory?
One of the most difficult theories of mathematics!
What a strange person!
I stammered:
"I do not understand how is it...?

Charles interrupted me.
"Elijah gave you a great gift that you deserve;
however, he has gone beyond the limits.
All of this is much bigger than

grand que toi (te dépasse), Philippe !
Il y a beaucoup de choses que tu ne peux pas comprendre !
Maintenant, pars et ne reviens plus, ton temps ici est fini !

you, Philippe!

There are many things you cannot understand!

Now leave and do not come back, your time here is over!"

Chapitre 24 - Chapter 24

Je suis rentré plein de questions.

Qu'est-ce que cela voulait dire: tout cela est plus grand que toi ?

Comment Élie pouvait-il être expert en mathématiques ?

J'ai commencé à chercher une explication logique :

a. Il est très possible qu'Elie ait étudié les mathématiques de haut niveau à l'université. Ensuite il a changé d'avis et est devenu artiste.

Un cas rare, mais ça arrive.

En France, j'avais un ami qui après cinq ans a arrêté la médecine et est devenu chef d'orchestre.

b. peut-être, pour lui, les mathématiques étaient un passe-temps !

Quoi qu'il en soit, bravo, peu de gens peuvent comprendre cette théorie.

Soudain, j'ai pensé à sa dernière phrase.

— Tu devrais sortir des sentiers battus.

Je cherchais constamment une solution avec les outils de la théorie analytique des nombres.

I came back home full of questions.

What did "all this is bigger than you" mean?

How could Elijah be an expert in Mathematics?

I started to look for a logical explanation:

a. It is very possible that Elijah studied high level Mathematics at the university. Then he changed his mind and became an artist.

A rare case, but it happens.

In France, I had a friend who stopped medicine after five years and became a conductor,

b. Perhaps, for him, Mathematics was kind of hobby!

Anyway, congratulations to him, few people can understand this theory.

Suddenly, I thought about his last sentence.

"You should think outside the box."

I was constantly searching for a solution with the tools of analytic number theory.

Grand Dieu ! Elie avait raison !

Le bon chemin était d'utiliser la théorie algébrique des nombres !

A l'aide de cette théorie abstraite, on pouvait utiliser des outils beaucoup plus puissants.

Ma recherche devenait un cas particulier d'une hypothèse plus large.

J'avais finalement trouvé la percée que je cherchais pendant l'année !

J'étais tellement excité que je n'ai pas dormi de la nuit.

J'ai travaillé sans arrêt.

Le matin, j'ai couru chez mon professeur et je lui ai expliqué ma nouvelle approche.

Il était vraiment enthousiaste.

Tout était clair pour moi, je connaissais toutes les étapes pour arriver au résultat final.

Chaque étape exigera beaucoup de travail.

Mais dans le passé, j'étais comme un enfant, dans le noir, perdu dans la forêt !

Maintenant j'avais une lampe de poche, j'avais une boussole, j'avais une carte.

Good Lord! Elijah was right!

The good way was to use the algebraic number theory!

With the help of this abstract theory, much more powerful tools could be used.

My research became a special case of a broader hypothesis.

I had finally found the breakthrough I was looking for the entire year!

I was so excited that I did not sleep at night.

I worked without stopping.

In the morning, I ran to my teacher and explained to him my new approach.

He was really enthusiastic.

Everything was clear to me; I knew all the steps to reach the final result.

Each step will require a lot of work.

But in the past, I was like a child, lost in the forest in the dark!

Now I had a flashlight, I had a compass, I had a map.

Atteindre la solution ne serait qu'une question de temps et d'efforts.

Reaching the solution would only be a matter of time and effort.

La route était claire.
Au bout d'un an, plus ou moins, j'étais convaincu que je pourrais prouver l'hypothèse.

The road was clear.
After a year, more or less, I was convinced that I could prove the hypothesis.

Chapitre 25 - Chapter 25

Quand nous avons terminé la feuille de route de toutes les étapes nécessaires pour prouver l'hypothèse, mon professeur m'a étreint et m'a dit avec une grande émotion :

— Quelle idée, superbe idée, vous êtes brillant !
Dès maintenant, vous avez réussi votre doctorat.

Nous devons publier un article sur cette méthode révolutionnaire.
C'est une grande ouverture pour plusieurs autres recherches dans le domaine.
Je dois écrire à mon ami le Professeur Monroe !
C'est un expert international en théorie des nombres à l'université de Stanford.
Philippe ! Vous méritez des vacances !
Prenez deux semaines et allez en France, rejoignez votre superbe amie !
Ce n'est pas bien de la laisser seule !

Soudainement, toute mon excitation disparut.
Que dire, qu'expliquer ?

When we finished the roadmap of all the steps necessary to prove the hypothesis, my professor hugged me and said with great emotion:

"What an idea, great idea, you're brilliant!
From now on, you have successfully completed your doctorate.
We must publish an article on this revolutionary method.

This is a great opening for further research in the field...

I must write to my friend Professor Monroe!
He is an international expert in number theory at Stanford University.
Philippe! You deserve a vacation!
Take two weeks and go to France, join your beautiful friend!
It's not good to leave her alone!"

Suddenly, all my excitement disappeared.
What could I say, how could I explain?

J'ai compris que tout le monde dans le département me jalousait à cause de Sylvia.

Je lui ai dit :
— Nous avons rompu !
Il s'est étonné :
— Quoi ! Pourquoi vous étiez un couple magnifique ! pour toujours ?
J'ai répondu immédiatement :
— Oui monsieur, pour toujours !

Mon professeur ne savait pas quoi dire, après un moment, il m'a dit :

— Je suis tellement désolé, je ne voulais pas vous blesser. Reposez-vous, prenez tout le temps dont vous avez besoin.
Maintenant que nous avons trouvé la méthode, rien ne presse.

J'ai répondu :
— Merci, mais je préfère continuer à travailler, comme cela c'est plus facile pour moi !
Il m'a alors suggéré :
— D'accord, alors commencez à écrire le résumé de l'article.

I realized that everyone in the department was jealous of me because of Sylvia.

I told him:
"We broke up!"
He was surprised:
"What! Why? You were such a beautiful couple!
Is it forever?"
I answered immediately:
"Yes sir, forever!"

My professor did not know what to say, after a while he said:

"I'm so sorry; I did not want to hurt you. Have a rest, take all the time you need.

Now that we have found the method, nothing is urgent."

I answered:
"Thank you, but I prefer to continue working, as it is easier for me!"

He then suggested to me:
"Okay, so you can start writing the article summary.
I will gladly send it to

Je l'enverrai volontiers au professeur Monroe.

Cela ne prit pas longtemps, en une demi-heure, tous dans le département étaient au courant que j'étais séparé de Sylvia.
Mais personne n'a osé m'en dire un mot.

Les jours ont passé, nous avons repris la routine.
Mes parents et Rivka se sont comportés comme d'habitude, comme si rien ne s'était jamais passé.
Je me suis plongé dans mon travail pour ne pas penser à Sylvia.

Le matin, je me suis habitué à prendre des pilules anti-anxiété pour me lever.
La nuit, je me suis habitué à prendre des somnifères pour m'endormir.
J'étais accro aux médicaments mais je n'avais pas le choix.
Franchement, je pensais à Sylvia tout le temps,
mais avec les pilules, j'ai réussi à faire semblant de l'avoir oublié !

Professor Monroe."

It did not take long, in half an hour, everyone in the department was aware that I was separated from Sylvia.

But nobody dared to say a word to me.

The days passed, we took over the routine.
My parents and Rivka behaved as usual, as if nothing had ever happened.

I immersed myself in my work in order not to think of Sylvia.

In the morning, I got used to taking anti-anxiety pills to get up.
At night, I got used to taking sleeping pills to fall asleep.

I was addicted to drugs but I had no choice.

Frankly, I was thinking about Sylvia all the time,
but with the help of the pills, I managed to pretend to have forgotten her!

Chapitre 26 - Chapter 26

Début mars, Charles m'a appelé.

At the beginning of March, Charles called me.

— Bonjour Philippe, j'ai appris que tu avances bien dans tes recherches !
Comment le savait-il ?
Je lui ai tout de suite demandé :
— Et Sylvia, comment va-t-elle ?
Charles me répondit :
— Bientôt tu recevras une lettre.
Et il a raccroché.

"Hello Philippe, I heard that you are doing well in your research!"
How did he know?
I immediately asked him:

"What about Sylvia, how is she?"
Charles answered me:
"You will receive a letter soon."
And he hung up.

Deux jours plus tard, j'ai reçu la terrible lettre.

Two days later, I received the terrible letter.

"Philippe"
— Tu ne peux imaginer combien tu m'as fait mal !
Je ne m'attendais pas à une réponse négative de ta part.
De ma vie, personne n'a jamais osé me dire "non".
J'étais furieuse contre toi. A cause de toi, j'ai fait une dépression et j'ai été admise dans une clinique à Versailles.

"Philippe"
"You cannot imagine how much you hurt me!
I did not expect a negative response from you.
In my life, no one has ever dared to say "no".
I was furious with you.
Because of you, I had depression and was admitted to a clinic in Versailles.

Ils m'ont gardé pendant un mois et j'ai beaucoup réfléchi à nous.

They kept me there for a month and I thought a lot about us.

J'ai arrêté d'être en colère contre toi !
J'ai compris que tu n'étais qu'un enfant qui avait peur de ses parents.
Tu ne me mérites pas, tu es encore un enfant et je suis une femme.
Au début, je t'admirais pour ton courage de quitter ton pays, de quitter ta famille, d'apprendre une nouvelle langue, de commencer une vie nouvelle dans un pays étranger.
Mais j'avais tort. Dans ta tête, tu es resté "l'enfant à maman" !
J'ai arrêté de t'admirer !
Cela ne signifie pas que j'ai cessé de t'aimer,
Parce que je t'aime tellement !
Mais mon amour diminue chaque jour et ç'est mieux comme ça !

Je me suis arrêté de lire un moment, mon cœur battait trop fort.
J'ai avalé une pilule et j'ai continué.

— *Autre chose, j'ai rencontré quelqu'un, il a 29 ans. Il est pédiatre, généreux,*

I stopped being mad at you!

I realized that you were only a child who was afraid of his parents.
You do not deserve me, you're still a child and I'm a young woman.
At first, I admired you for your courage to leave your country, to leave your family, to learn a new language, to start a new life in a foreign country.

But I was wrong. In your head, you remained "a momma's boy"!
I stopped admiring you!
It does not mean that I stopped loving you, because I still love you so much!
But my love diminishes every day and its better like that!

I stopped reading for a moment; my heart was beating too hard.
I took a pill and continued reading.

"Another thing, I met someone, he is 29 years old. He is a pediatrician,

attentionné, responsable !
Ses parents sont des amis de mes parents.
Il m'aime et m'a proposé de se marier !

(Le fils de pute, il n'a pas perdu de temps ! Ils ont déjà couché ensemble ?) -
— Maintenant, je suis sûr que tu te demandes si nous avons déjà fait l'amour ?

La réponse est oui !
(Qui baise le mieux ?) -
Je te connais, maintenant, tu veux savoir qui est le meilleur amant, n'est-ce pas ?
Comme tu es enfantin !
Qu'importe ?
Je vais te dire la vérité !
Tu restes à la première place !
Mais tu n'es pas là, tes caresses ne sont que des souvenirs du passé !
Oui, peut-être que tu es un héros au lit, mais lui est un héros dans la vraie vie !

Ce n'est pas un enfant peureux et obéissant comme toi !
Il veut m'épouser à l'église, créer une famille, et vivre riche et heureux avec moi

generous, attentive, and responsible!
His parents are friends of my parents.
He loves me and offered to get married!
(The son of a bitch, he wasted no time! They already slept together?) -
"Now, I'm sure you're wondering if we've ever made love?

The answer is yes!
(Who is the best fucker?) -
I know you - Now you want to know who the best lover is. Don't you?
You are so childish!
What does it matter?
I'll tell you the truth!
You remain in first place!

But you're not here; your caresses are just memories of the past!
Yes, maybe you're a hero in bed, but he's a hero in real life!

He is not a shy and obedient child like you!

He wants to marry me in the church, create a family, and live rich and happy with me

pour toujours.

Tu vois, tout ce que tu m'as refusé, il est prêt à me le donner sans crainte ni hésitation.

*Il n'y a qu'un seul inconvénient,
je ne l'aime pas !
Ou plus exactement, je ne suis pas attiré par lui comme j'ai été attiré par toi !
Mais avec le temps, j'apprendrai à l'aimer comme il le faut.
Tu as été un excellent professeur !
Parfois, j'ai le sentiment qu'il y a au paradis, deux anges, un juif et un chrétien qui ont joué un jeu cruel à nos dépens.
Deux routes comme les nôtres n'étaient pas censées se croiser.*

*Mais je pense que nous ne nous sommes pas rencontrés par hasard.
Ils ont parié sur la rencontre d'un garçon juif de la classe moyenne et d'une fille chrétienne de la bourgeoisie.
Malheureusement pour moi, l'ange juif a gagné !*

forever.

You see, all that you refused me, he is ready to give it to me without fear or hesitation.

*There is only one drawback, I don't love him!
Or more exactly, I'm not attracted to him as I was attracted to you!*

But over time, I will learn to love him as he deserves.

*You have been an excellent teacher!
Sometimes I have the feeling that there are two angels in heaven, a Jew and a Christian who have played a cruel game at our expense.
Two roads like ours were not supposed to cross each other.*

I think we did not meet by chance.

*They made a bet on the meeting of a Jewish boy of the middle class and a Christian girl of the bourgeoisie.
Unfortunately for me, the*

Nous nous reverrons une fois encore en Israël, ce sera la dernière fois.

Il est temps de refermer le cercle.
« Sylvia ».

J'avais tellement mal, j'ai couru à la salle de bain et j'ai vomi !

Quelle terrible lettre de vengeance.
Elle ne m'avait épargné aucuns détails.

En plus de la religion, il y avait toutes sortes de fossés entre nous, économiques, sociaux, culturels.
Elle avait surmonté tous ces obstacles grâce à son amour pour moi.

Moi, j'avais pensé juste à mes parents.
Peut-être qu'elle avait raison, on s'était moqué de nous.
Je n'avais jamais voulu tout cela.
Seule la dernière phrase éveilla un espoir en moi.
Elle reviendra !

Jewish angel has won!
We will meet again in Israel; it will be for the last time.

It's time to close the circle.

"Sylvia".

I was in so much pain, that I ran to the bathroom and threw up!

What a terrible letter of revenge.
She had not spared me any details.

In addition to religion, there were all kinds of gaps between us, economic, social, and cultural.
She had overcome all these obstacles thanks to her love for me.

I had just thought of my parents.
Maybe she was right; they had made fun of us.
I never wanted all that.

Only the last sentence awakened hope in me.
She will come back!

Chapitre 27 - Chapter 27

Ma tasse était vide.
Le café était fini !
Je jetai un coup d'œil à l'horloge.
Trois heures de l'après-midi, un samedi d'hiver de mars 81.

Rétrospectivement, toute l'histoire me semblait un rêve, mais tout s'était passé comme je vous l'ai raconté :

Notre rencontre en juillet l'année dernière, notre coup de foudre, notre séparation en décembre.

Sylvia est revenue hier soir comme elle l'avait promis dans sa lettre.
Elle s'est levée ce matin sans me réveiller, m'a fait du café et a disparu

Comme je le fis octobre dernier, à Versailles, dans son appartement, quand je l'ai quittée !

Où est-elle maintenant ?
Pourquoi m'a-t-elle laissé une note avec écrit dessus le mot "Merci" ?

My cup is empty. I ran out of coffee!
I glanced at the clock.

Three o'clock in the afternoon, on a Saturday in March 81.

In retrospect, the whole story seemed like a dream, but everything had happened as I told you:

Our meeting in July last year, our love at first sight, and our separation in December.

Sylvia came back last night as she promised in her letter.

She woke up this morning without waking me up, made me coffee and disappeared.

Exactly as I did last October, at Versailles, in her apartment, when I left her!

Where is she now?
Why did she leave me a note with the word "Thank you" written on it?

Soudain, je compris :
elle est chez Charles !
Bien sûr, elle est dans sa villa au Carmel, là où tout a commencé.

J'ai appelé, Elie me répondit :
— Shabbat Shalom, Philippe, je suis sûr que tu veux savoir où ils sont ?
Maintenant Charles et Sylvia sont à Versailles.

Ils sont partis pour Ben Gourions ce matin.
Sylvia est arrivée il y a deux jours pour nous inviter à son mariage le mois prochain !

Je pris la nouvelle comme un coup de poing dans la poitrine.

— Pourquoi n'êtes-vous pas allé avec eux ? Ils ne vous ont pas invité ? Demandai-je cruellement.

Elie m'a répondu d'un ton sec :
— Ne sois pas insolent, tu sais très bien que je ne peux pas entrer dans une église !

— Quand Charles reviendra-t-il ?

Suddenly, I understood:
She's at Charles's!
Of course she is in his villa on the Carmel, where it all started.

I called, Elijah answered me:
"Shabbat Shalom, Philippe.
I'm sure you want to know where they are.
Now Charles and Sylvia are in Versailles.

They left for Ben-Gourion Airport in the morning.
Sylvia arrived two days ago to invite us to her wedding next month!"

I got the news like a fist on my chest.

"Why did not you go with them? Did not they invite you?"
I asked cruelly.

Elijah replied in a dry tone:

"Do not be rude, you know very well that I cannot enter a church!"

"When will Charles come back?"

Une simple Histoire d'Amour - Just a Love Story

— Il ne reviendra pas. Il a fini son travail ici.
— Quoi ! Vous vous êtes séparés ?
— Non, ne t'inquiète pas, nous continuerons à travailler ensemble.
Oh, j'ai oublié, Sylvia t'a laissé une lettre !
Je me suis dit :
Qu'il aille au diable ! C'est seulement maintenant qu'il me dit ça.
— Samedi soir, je te l'apporte, nous devons parler !
— Pourquoi pas maintenant ?
— Maintenant, j'ai des affaires plus urgentes.
Qu'est-ce que tu crois ?
Que tu es le seul dont je doive m'occuper.

Encore une fois j'ai pensé :

Un homme étrange, certainement !

"He will not come back. He finished his work here."
"What! Have you separated?"

"No! Don't worry, we'll keep working together.

Oh, I forgot, Sylvia left a letter for you!"
I thought to myself:
Screw him! Only now is he telling me this.

"Saturday night I'll bring it to you, we need to talk!"

"Why don't you bring it now?"
"Now I have more urgent matters to do!
What do you think?
That you're the only one I have to take care of?"

Once again I thought to myself:
A strange man, indeed!

Chapitre 28 - Chapter 28

Samedi soir, Élie est arrivé.
Il me semblait beaucoup plus âgé qu'auparavant.

J'ai pris la lettre et l'ai lue en silence.
Élie a attendu patiemment à côté de moi.

A Philippe,
Je me sens libre et heureuse maintenant.
Je me suis libérée de toi !
J'ai complètement cessé de t'aimer.

Je suis venue hier juste pour vérifier mes sentiments pour toi.
Quand je t'ai vu, je n'ai pas été attirée comme avant.
J'ai ressenti de la douleur, de la tristesse et de la compassion mais pas d'amour !
J'ai promis à mon fiancé que je ne t'aimais plus.
Mais c'était important pour moi de le vérifier par moi-même.

Pour toi aussi, tout était perdu.
Tu n'as même pas essayé de me toucher et c'est une

Saturday night Elijah arrived.
He seemed much older than before.

I took the letter and read it in silence.
Elijah waited patiently standing next to me.

To Philippe,
I feel free and happy now.

I freed myself from you!
I completely stopped loving you
.
I came yesterday just to check my feelings for you.

When I saw you, I was not attracted as before.
I felt pain, sadness and compassion but not love!

I promised my fiancé that I did not love you anymore.
But it was important for me to check it by myself.

For you too, everything was lost.
You did not even try to touch me and that's a good thing,

bonne chose, sinon je me serais sauvé de l'appartement.

Le mois prochain, je vais me marier à l'église, vêtue d'une robe de mariée blanche, comme dans mes rêves d'enfance.

Après une grande fête, nous irons en lune de miel en Grèce.

(J'ai pensé : même cette promesse, elle me l'a volé !)

J'ai continué à lire :
Ne sois pas triste, tu as tué notre amour et je n'avais pas d'autre choix que de l'enterrer.

Je te suis reconnaissant pour les merveilleux moments que nous avons vécus,
les nuits inoubliables que nous avons passé.

Pour le reste : la douleur, le chagrin, le refus, plus besoin d'en parler.

J'espère, qu'un jour, tu grandiras !

J'aurais pu t'aider à faire face aux méandres de la vie.

Mais tu n'as pas voulu de moi ! Dommage pour toi !

Je continue mon chemin sans regarder en arrière.
Sylvia.

otherwise I would have run away from the apartment.

Next month, I'm getting married in church, dressed in a white wedding dress, as in my childhood dreams.

After a big party, we will go on honeymoon to Greece.

(I thought: even that promise, she stole it from me!)

I continued reading:
Don't be sad, you killed our love and I had no choice but to bury it.

I'm grateful for the wonderful times we've lived,
the unforgettable nights we spent.

For the rest: pain, sorrow, refusal, no need to talk about it.

I hope that one day you will grow up!

I could have helped you cope with the meanders of life.

But you did not want me!
Too bad for you!

I will go on my way without looking back.
Sylvia.

J'ai fondu en larmes.
J'ai couru dans ma chambre et avalé une pilule.

Quand je suis revenu, Elie a crié :
— Assez avec ces pilules !
Quand vas-tu comprendre que tout est fini, qu'est-ce qu'il te faut de plus ?

Il prit la lettre de Sylvia et la jeta par terre.

Je n'écoutais pas Elie.
J'ai pensé au film "Le Lauréat" avec Dustin Hoffman.
Une comédie que j'avais vue en France.

Le héros arrive au mariage au moment où la mariée et le marié sont sur le point de s'embrasser.

À la fin, lui et la mariée s'enfuient main dans la main.
Et si je faisais la même chose pendant le mariage de Sylvia ?
J'ai aimé l'idée, j'ai commencé à en rêver,
Quel super plan !

I burst into tears.
I ran to my room and took a pill.

When I came back, Elijah shouted:
"Enough with these pills!
When are you going to understand that everything is over, what more do you need?

He took Sylvia's letter and threw it to the floor.

I did not listen to Elijah.
I thought about the movie "The Graduate" with Dustin Hoffman.
A comedy I had seen in France.

The hero arrives at the wedding when the bride and groom are about to kiss each other.

In the end, he and the bride run away hand in hand.
What if I did the same thing during Sylvia's wedding?

I liked the idea; I started dreaming about it,
what a great plan!

Comme s'il lisait dans mes pensées, Elie m'a ramené à la dure réalité.
— Arrêtes ces illusions !
Tu ne comprends pas !
C'est écrit noir sur blanc dans sa lettre.
Elle a cessé de t'aimer !

Soudain, il s'est inquiété :
— As-tu fini ton article ?

— Oui, nous l'avons envoyé au professeur Monroe en Californie pour lecture finale.
(Comment savait-il pour l'article ?)
J'ai essayé de comprendre :
— Dis-moi Elie. Pourquoi m'as-tu menti quand tu as dit qu'au lycée, tu étais nul en maths ?
— Je ne t'ai pas menti ! répondit Elie.
J'ai continué à demander :
— Et tu n'as pas étudié les mathématiques à l'université ?
— Jamais !
J'ai insisté:
— Alors, tu connais mon professeur ou le professeur Monroe ?

Il a nié :
— Je ne les ai jamais

As if reading in my thoughts, Elijah brought me back to the harsh reality.
"Stop these illusions!
You do not understand!
It's written in black on white in her letter.
She stopped loving you!"

Suddenly, he worried:
"Have you finished your article?"

"Yes, we sent it to Professor Monroe in California for final reading.
(How did he know about the article?)
I tried to understand:
"Tell me Elijah. Why did you lie to me when you said that in high school you were bad at Math? "
"I did not lie to you!"
answered Elijah.
I kept asking:
"And you did not study Mathematics at university?"

"Never!"
I insisted:
"So, do you know my teacher or Professor Monroe?"

He denied it:
"I never met them!

rencontrés !
Je te le jure.
Je me suis mis en colère :
— Ce n'est pas possible,
assez de tes mensonges !
Elie a souri de nouveau et il a
ajouté :
— Calme-toi Philippe, nous te
l'avons déjà dit, tout cela te
dépasse !
Je voulais continuer à le
questionner mais Elie m'a
interrompu.
— Maintenant, concentre toi,
j'ai deux nouvelles
importantes pour toi :
La première, dans
exactement vingt jours, tu
recevras une offre à ne pas
refuser !
La seconde, ton séjour en
Israël est terminé !

J'ai sauté de ma chaise :
— Quoi ? Vous êtes devenus
fou ?
— Pas du tout, ce pays exige
des gens forts, tu es trop
faible !

— Je sais, je suis un
immigrant faible.
Elie a ignoré ma réaction et a
continué à parler.
(J'ai alors compris que les
anges n'avaient pas le sens

I swear to you.
I got angry:
"It's not possible, enough of
your lies!
Elijah smiled again and
added:
"Calm down Philippe, we've
already told you, it's all
beyond you!"
I wanted to continue
questioning him but Elijah
interrupted me.
"Now concentrate, I have
important news for you:

First in exactly twenty days,
you will receive an offer you
won't be able to refuse!

Second your stay in Israel is
over!

I jumped out of my chair:
"What? Are you crazy?"

"Not at all, this country
requires strong people, you
are too weak!

"I know I'm a weak
immigrant."
Elijah ignored my reaction
and kept talking.
(I then understood that the
angels did not have a sense

de l'humour !)
— Tu ne t'es pas intégré à la société israélienne,
tu es resté tout le temps avec des Français.
Tu ne t'es pas amélioré en hébreu non plus. Tu parles et écris comme un enfant.

Je me suis dit : enfant, enfant. Tout le monde me traite comme un enfant, j'en ai assez !

Je me suis levé, en colère, contre ce clown.
— Elie, laissez-moi tranquille, j'en ai marre de vos mensonges et de vos prophéties.
Il a souri, s'est levé et a dit :
— Nous ne nous reverrons plus, mais cela n'a pas d'importance.
Je serai toujours avec toi partout !
C'est mon rôle ! Bonne semaine !

of humor!)
"You did not integrate into Israeli society;
you stayed with French people all the time.
You did not improve in Hebrew either. You speak and write like a child."

I said to myself: child, child. Everyone treats me like a child, I've had enough!

I got up, angry, against this clown.
"Elijah, leave me alone, I'm sick of your lies and your prophecies."

He smiled, stood up and said: "We will not see each other again, but it does not matter. I will always be with you everywhere!

It's my role! Have a good week!"

Chapitre 29 - Chapter 29

Lundi, je suis allé à la villa de Charles.

Monday, I went to Charles's villa.

La maison était déserte.
Sur la porte était accroché un grand panneau, "À vendre", avec le numéro de téléphone d'un agent immobilier.

The house was deserted.
On the door was hung a large sign, "For Sale", with the phone number of a real estate agent.

J'ai parlé à un voisin qui m'a dit que tout le monde était parti à l'étranger.

I spoke to a neighbor who told me that everyone had gone abroad.

Pourquoi se compliquer la vie, tout était logique.

Why search for complications, everything was logical.

Charles et Elie se sont séparés.
Charles s'est réconcilié avec sa famille et est retourné en France.
Elie, menteur en série, avait déménagé.

Charles and Elijah separated.

Charles reconciled with his family and returned to France.
Elijah, a serial liar, had moved.

Fin de l'histoire, mais voilà.

End of the story, but here it is.

Exactement vingt jours après la visite d'Elie, mon professeur est entré dans mon bureau, très excité :
— Philippe, j'ai une super nouvelle pour vous !
Monroe veut travailler avec vous.
Vous comprenez, il est prêt à

Exactly twenty days after Elijah's visit, my professor came into my office, very excited:
"Philippe, I have excellent news for you!
Monroe wants to work with you.
You understand; he is ready

vous prendre comme chercheur dans son équipe à Stanford.

Votre article l'a tellement impressionné.
Je suis resté assez indifférent, j'ai demandé:
— Et mon doctorat ici ?

— Peu importe, vous l'aurez quand même !
C'est une opportunité à ne pas manquer,
Monroe est l'un des plus grands experts internationaux en théorie des nombres.
— Quand me veut-t-il ?
— Dès que possible.
— Eh bien, merci, je vais y penser !

— Quoi ! Etes-vous devenu fou ?
Je lui ai déjà dit que vous acceptiez.
Qui vous retient ici, personne, Sylvia...
Soudainement, il a réalisé qu'il était allé trop loin

— Désolé, je ne voulais pas interférer dans votre vie privée, mais croyez-moi, c'est une proposition exceptionnelle !

to take you as a researcher in his team at Stanford.

Your article impressed him so much."
I remained quite indifferent and asked:
"What about my doctorate here?"

"It doesn't matter, you'll get it anyway!
This opportunity is not to be missed; Monroe is one of the world's leading experts in number theory."

"When does he want me?"
"As soon as possible."
"Well, thanks, I'll think about it!"

"What! Have you gone mad?
I already told him that you accepted.
Who's holding you here, nobody, Sylvia ... "
Suddenly, he realized he had gone too far.

"Sorry, I did not want to interfere in your private life, but believe me, this is an exceptional offer!"

Bien sûr, il avait raison, dans ma génération, nous avons tous grandi avec le rêve américain.

La Californie, Stanford ! Qu'est-ce qu'on pouvait demander de plus ?

Monroe m'écrivit une lettre très agréable dans laquelle il disait combien il aimait l'originalité et la créativité de mon travail.

Attaché à la lettre se trouvait un contrat de travail avec des conditions merveilleuses:
un salaire dix fois supérieur à mon salaire actuel,
un appartement gratuit sur le campus,
une équipe de trois doctorants pour m'aider,
un billet d'avion par an gratuit pour l'Europe,
toutes sortes d'avantages dans le club des professeurs,
une liberté totale dans le choix des sujets de recherche.

Je n'ai pas hésité, j'ai signé !

Mais tout a un prix.
Quand j'ai dit à Rivka que

Of course, he was right, in my generation, we all grew up with the American dream.

California, Stanford! What more could one ask for?

Monroe wrote me a very nice letter in which he said how much he loved the originality and creativity of my work.

Attached to the letter was a contract of employment with wonderful conditions:
a salary ten times higher than my current salary,
a free apartment on campus,

a team of three doctoral students to help me,
one free airline ticket per year for Europe,
all kinds of advantages in the professors' club,
complete freedom in the choice of my research topics.

I did not hesitate, I signed!

But everything has a price.
When I told Rivka that I was

j'allais quitter Israël,
elle s'y est opposée
brutalement.
Elle m'a dit avec colère :
— Qu'importe l'Amérique, tu
es juif, sioniste !

Tu es un traitre, tu quittes le
pays, la terre promise à nos
ancêtres et à nous.

Qu'est-ce que tu feras là-bas,
seul, qui prendra soin de toi ?
Combien de temps vas-tu
rester ?
J'ai murmuré :
— Je ne sais pas, trois, cinq
ans.

Rivka a ajouté avec anxiété :
— Que vont dire tes parents
?
Je me suis énervé :
— Ils n'ont pas le droit de dire
un mot, j'ai assez souffert à
cause d'eux.
Elle a soupiré :
-Tu ne leur as pas pardonné
et tu n'as pas oublié Sylvia,
n'est-ce pas ?

— Malheureusement, non,
c'est bien que je parte, c'est
trop dur pour moi de rester ici
!

going to leave Israel,
she opposed it brutally.

She told me angrily:
"What do you care about
America, you are Jewish,
Zionist!
You are a traitor; you leave
the country, the Promised
Land given to our ancestors
and to us.
What will you do there, alone,
who will take care of you?
How long are you going to
stay?"
I whispered:
"I do not know, three, five
years."

Rivka added with anxiety:
"What will your parents say?"
I got angry:
"They have no right to say a
word; I have suffered enough
because of them."

She sighed:
"You did not forgive them and
you did not forget Sylvia, did
you?"

"Unfortunately, no, it's good
that I leave; it's too hard for
me to stay here!

Tous les endroits me la rappellent.
— Dommage, mais si c'est ton destin !

J'ai essayé de plaisanter un peu.
— Je suis l'homme qui part toujours, le "Juif errant".
Rivka m'a demandé faiblement :
— Tu viendras me rendre visite ?
J'ai répondu immédiatement :
— Absolument, chaque année, je te le promets !

En mai, j'ai reçu un formulaire, épais comme un livre, des services d'immigration américains.
Monroe et mon professeur, voulaient me voir au plus vite en Californie.
Mais "l'Oncle Sam" n'était pas "si pressé".
Obtenir un permis de travail temporaire aux États-Unis, ce n'est pas une blague.

J'avais deux passeports :
un français et un israélien.

Le service juridique de Stanford a dû faire appel à un avocat américain spécialiste

All places remind me of her."

"Too bad, but if it's your destiny!"

I tried to joke a bit.

"I am the man who always leaves, the "wandering Jew".
Rivka weakly asked me:

"Will you come to visit me?"
I answered immediately:

"Absolutely, every year, I promise you!"

In May, I received a file, thick as a book, from US immigration services.
Monroe and my professor wanted to see me as soon as possible in California.

But "Uncle Sam" was not in such a hurry.
Getting a temporary work permit in the United States is no joke.

I had two passports:
a French one and an Israeli one.
Stanford's legal department had to hire an American immigration lawyer to handle

en immigration pour s'occuper de mon visa.
J'ignore la raison, mais il a préféré me décrire comme un citoyen français, expert en mathématiques, et a demandé pour moi un permis de travail de trois ans.

Par conséquent, je devais retourner d'urgence en France pour recevoir le visa à l'ambassade américaine à Paris.

La séparation avec Rivka a été très difficile.
Nous avons pleuré ensemble de longues minutes jusqu'à ce que les enfants arrivent et innocemment demandent pourquoi nous étions si tristes.
Alors, Rivka a cessé de pleurer et leur a dit que je devais quitter Israël.
L'une des filles a demandé :
— Qui apportera le vin du Kiddoush maintenant ?
Nous avons pleuré de nouveau !

J'ai pensé avec amertume :
Je ne cause que de la souffrance, et du chagrin à tous ceux que j'aime : Sylvia,

my visa.

I do not know the reason, but he preferred to describe me as a French citizen, expert in Mathematics, and asked for a three-year work permit.

Therefore, I had to return urgently to France to receive the visa at the American Embassy in Paris.

The separation with Rivka was very difficult.
We cried together for long minutes until the children arrived and innocently asked why we were so sad.

So Rivka stopped crying and told them that I had to leave Israel.
One of the girls asked:
"Who will bring Kiddush wine now?"
We cried again!

I thought bitterly: I only cause suffering, and sorrow to everyone I love: Sylvia, Rivka, my parents.

Rivka, mes parents

J'ai promis de raconter à Rivka la vie en Amérique, j'ai promis de revenir bientôt !

Nous nous sommes serrés dans les bras, j'ai embrassé les enfants et je l'ai quitté le cœur lourd.

Au Technion, j'ai rapidement rompu avec tous les membres du département et mes étudiants.

Je sentis la jalousie de beaucoup d'entre eux et aussi la réprobation de ceux, la plupart religieux, qui trouvaient que j'avais abandonné trop facilement le rêve de la montée en Israël.

J'étais très déçu. J'avais vécu parmi eux, mais personne ne s'intéressait à moi !

Quand Michel a quitté Israël, son département a organisé une fête d'adieu.

Il a reçu une raquette de tennis très chère en cadeau.

I promised to tell Rivka about life in America, I promised to come back soon!

We hugged each other, kissed the children, and left with a heavy heart.

At the Technion, I quickly broke up with all the members of the department and my students.

I felt the jealousy of many of them and also the disapproval of those, mostly religious, who found that I had abandoned all too easily the dream of living in Israel.

I was very disappointed. I had lived among them, but no one was interested in me!

When Michel left Israel, his department organized a farewell party.

He received a very expensive tennis racket as a gift.

Moi, quand je suis parti, personne n'a organisé de fête, personne ne m'a accompagné à l'aéroport.

Le seul cadeau que j'ai reçu a été un tampon :
"Sortie" sur mon passeport à l'aéroport Ben-Gourion.

When I left, no one organized a party; no one accompanied me to the airport.

The only gift I received was a stamp:
"Exit" on my passport at Ben-Gurion airport.

Chapitre 30 - Chapter 30

Fin mai, je suis retourné en France.

At the end of May, I returned to France.

Le plan était simple.
Obtenir mon visa et partir aux États-Unis.

The plan was simple.
Get my visa and go to the United States.

J'ai appelé l'ambassade, pour une raison obscure, tout le processus s'était compliqué !

I called the embassy, for some obscure reason, the whole process got blocked!

Il s'est avéré que je devais attendre au moins trois semaines pour obtenir le visa dont j'avais besoin.

It turned out that I had to wait at least three weeks to get the visa I needed.

J'étais coincé à Paris. J'ai appelé Monroe ! Sa secrétaire m'a dit qu'il n'y avait pas de problème, ils m'attendraient !
Cette fois, l'ambiance n'était pas aussi festive que l'année d'avant.
Mon père, ma mère et ma grand-mère m'ont accueilli avec une grande joie, mais, comme Rivka, ils n'ont pas compris pourquoi j'avais quitté Israël.
Pour ma famille, je suis devenu un traître, quelqu'un qui avait abandonné le Sionisme.
Seuls mes frères m'ont

I was stuck in Paris.
I called Monroe! His secretary told me that there was no problem, they would wait for me!
This time, the atmosphere was not as festive as the year before.
My father, my mother, and my grandmother greeted me with great joy, but, like Rivka, they did not understand why I had left Israel.

For my family, I became a traitor, someone who gave up Zionism.

Only my brothers supported

soutenu et étaient enthousiastes à l'idée d'aller aux États-Unis.

me and were excited about going to the United States.

J'ai passé un moment très difficile à Paris.

I had a very difficult time in Paris.

J'avais l'impression d'être en prison.
J'étais très en colère contre mes parents, à cause de Sylvia bien sûr, mais aussi à cause de leur peur et de leur stress.
De l'avis de tous, j'avais la chance de pouvoir aller en Californie, mais ils ne savaient que pleurer et avoir peur.

I felt like I was in prison.
I was very angry at my parents, because of Sylvia of course, but also because of their fear and their stress.

In the opinion of all, I was lucky enough to be able to go to California, but they only knew how to cry and be afraid.

Une fois, ma mère, a crié :
— Pourquoi, pourquoi agis-tu comme ça, tu ne peux pas rester avec nous, te marier, construire une famille et construire ta vie au lieu de courir à l'autre bout du monde.
J'ai explosé :
— Tu sais très bien que j'avais trouvé quelqu'un mais elle n'était pas assez juive pour vous.

Once, my mother, cried:
"Why, why do you act like that? Why can't you stay with us, get married, build a family and build your life instead of running to the other side of the world?"

I exploded:
"You know very well that I had found someone but she was not Jewish enough for you."

Enervé, je suis parti en claquant la porte.

Furious, I left slamming the door.

J'ai rencontré Michel, lui aussi avait changé.

Maintenant, il avait d'autres amis.

Israël était un chapitre terminé de sa vie.
Il avait une copine fixe et à ma grande surprise, il m'a dit qu'ils pensaient se marier dans quelques mois.

Il était resté en contact avec Sylvia.
Quand je lui ai demandé sa nouvelle adresse, il a refusé de me la donner :

— Philippe, elle m'a demandé de ne pas te la révéler, crois-moi, oublie-la, et va aux Etats-Unis.

Il avait raison, mais depuis quelque chose s'est cassé entre nous.

Un soir, j'ai décidé d'aller à Versailles !

Plein de peur, je suis allé directement à l'appartement de Sylvia et j'ai frappé à la porte.
Un homme a ouvert, il avait

I met Michel, he too had changed.

Now he had other friends.
Israel was a finished chapter of his life.
He had a permanent girlfriend and to my surprise, he told me that they thought about getting married in a few months.

He had kept in touch with Sylvia.
When I asked him for her new address, he refused to give it to me:

"Philippe, she asked me not to reveal it to you, believe me, forget her, and go to the United States."

He was right, but since then something broke between us.

One night, I decided to go to Versailles!

Full of fear, I went straight to Sylvia's apartment and knocked on the door.

A man opened, he had rented

loué l'appartement trois mois auparavant.

the apartment three months ago.

Je suis retourné à ma voiture et je suis allé à l'appartement de ses parents.

I went back to my car and went to his parents' apartment.

Mais je n'ai pas osé entrer dans le bâtiment.
J'ai garé la voiture et j'ai commencé à attendre.
Peut-être que Sylvia et son mari sortiraient du bâtiment.

But I did not dare to enter the building.
I parked the car and started waiting.
Maybe Sylvia and her husband would come out of the building.

Il était près de minuit.
Soudain, j'ai réalisé à quel point ce projet était fou.
A quoi bon ?
Le cœur lourd, j'ai repris la route de Paris, comme avant, après avoir fait l'amour avec Sylvia toute la nuit.

It was near midnight.
Suddenly, I realized how crazy this project was.
What's the point?
With a heavy heart, I went back to Paris, as I had done before, after having sex with Sylvia all night long.

Fin juin, un fonctionnaire américain m'a appelé.
Tout était prêt.

At the end of June, an American official called me.
Everything was ready.

Je suis allé à l'ambassade, j'ai signé de nombreux formulaires,
J'ai juré que je n'étais pas communiste, j'ai juré que je n'entrais pas en Amérique pour des attentats ou causer du tort au peuple américain.

I went to the embassy, I signed many forms.

I swore I was not a communist, I swore I was not going to America to commit attacks or harming the American people.

Finalement, j'ai obtenu mon permis de travail.	Finally, I got my work permit.
Deux jours plus tard, je suis parti.	Two days later, I left.
Ma mère a pleuré comme d'habitude, mon père m'a dit le proverbe arabe tunisien qui veut dire : "Pars heureux ! Reviens heureux"	My mother cried as usual, my father told me the Tunisian Arabic proverb "mchi Fakhan! Dji Fakhan" which means: "Leave happy, come back happy"
Le long voyage a commencé.	The long journey had begun.
Tout d'abord, je me suis envolé pour Boston. Quand, à la douane, le douanier m'a demandé le but de ma visite: affaires ou vacances ?	First, I flew to Boston. When, at customs, the customs officer asked me the purpose of my visit: business or vacation?
J'ai répondu avec fierté, "Affaires".	I answered with pride, "Business".
Puis j'ai changé d'avion, sept heures plus tard, j'arrivais à San Francisco.	Then I changed planes, seven hours later, I arrived in San Francisco.
Là-bas, j'ai loué une voiture. Une heure plus tard, je l'ai garé sur un parking de Stanford.	There, I rented a car. An hour later, I parked on a parking lot at Stanford.
L'atmosphère était pastorale.	The atmosphere was pastoral.
Le campus était très beau,	The campus was very

gigantesque avec des cyclistes partout.

beautiful, gigantic with cyclists everywhere.

Tout était plat, il n'y avait pas de montées et descentes comme au Technion à Haifa.

Everything was flat; there were no climbs and descents like the Technion in Haifa.

Je me suis dit :
"Tant mieux, j'ai souffert assez de hauts et de bas dans ma vie."

I said to myself:
"All the better, I have suffered enough ups and downs in my life."

J'ai posé la tête sur le volant et j'ai pleuré.

I put my head on the steering wheel and cried.

Jusqu'à présent, seulement deux choses m'importaient vraiment dans la vie :
L'amour d'Israël et l'amour de Sylvia.

Until now, only two things really mattered to me in life:

The love of Israel and the love of Sylvia.

Je les avais perdus toutes les deux !

I had lost both of them!

FIN

END

Printed in Great Britain
by Amazon